JN016582

婚約破棄されてメイドになったら
イジワル公爵様の溺愛が止まりません

第一章

「ラウラ、僕は心底君のことを軽蔑するよ。悪いけど、君とは結婚はできない。婚約は破棄させてもらう」

酷く冷たい声で、そう言い放ったのは私の婚約者である侯爵家嫡男のフェリクス・マーラーだった。

そして、フェリクスの後ろに隠れるようにくっついているのが妹のレオナだ。

彼女の目には薄っすらと涙らしきものが見えるが、あれは涙ではない。恐らく目薬だ！

私の名前はラウラ・バーデン。伯爵家の長女として生まれ、今年で二十歳になる。

栗色のロングストレートの髪に同色の瞳で、あまり外出はしないため肌は白く体つきは華奢なほうだ。

これといって目立つポイントがあるわけでもないし、普段着ている服も落ち着きのある色ばかりを選んでいる。

そのせいでよく妹のレオナからは地味だと馬鹿にされるが、派手なものは苦手なので大して気にしていない。

妹のレオナは私より三つ年下の十七歳。

髪色や瞳の色は私と同じだが、彼女の髪質はふわりと柔らかく、ぱっちりとした大きい瞳は愛らしい。

(レオナは見た目だけは可愛い。見た目だけは……)

そんな妹のレオナと、私の婚約者であるフェリクスが随分前から特別な関係であることには気付いていた。

だから、突然こんな場面に遭遇しても、私は大して驚かなかった。

「分かりました。軽蔑されているのであれば仕方ありません。婚約破棄については受け入れます」

「……っ⁉」

私が普段の口調で答えると、彼は酷く狼狽えているように見えた。

(この人は自分から婚約破棄を宣言してきたくせに、何をそんなに驚いているの?)

私は思わず怪訝な顔を浮かべてしまう。

フェリクスとの婚約が決まったのは、私が物心ついた頃だった。

いわゆる政略結婚といわれるもので、貴族であれば決して珍しいことではない。

最初は少し婚約者という言葉に憧れを持っていたので、興味はあった。

しかし実際にフェリクスという男を知っていくと、私の思い描いていた憧れとは真逆の存在であることに気付き、その気持ちは一瞬で冷めてしまった。

簡単に説明すると、彼は優柔不断で毎回話すことがころころ変わる、だめな人間なのだ。

さらに私のいる邸内で、堂々と浮気まで始めた。

相手は妹のレオナだ。

（こんな男を好きになれというのは、どう考えても無理だわ）

そんな理由から、婚約破棄を迫られても私が傷つくことはないし、妹のレオナが好きならば二人が結婚すればいいと思ってしまう。

何よりも、やっとフェリクスの婚約者という立場から解放されることに私は安堵しているくらいだ。

「お姉さま、強がっているのですか？」

「強がってなんていませんよ」

レオナはフェリクスの背後から不満げな顔をちょこんと覗かせると、私にそんなことを聞いてくる。

私は特に表情を変えないまま、さらりと答えた。

するとレオナの顔はさらに険しくなる。

「ラウラ、本当にいいのか？　婚約破棄だぞ？」

「はい、私は構いません。フェリクス様がそう仰るのであれば受け入れます」

フェリクスの表情はわずかに引き攣っていて、その声からは完全に勢いが失われていた。

「お姉さまが今まで私にしてきたことを謝っていただけるのであれば、フェリクス様も許してくれるかもしれませんっ！」

彼女の言葉を聞いて、私はわずかに眉を顰めた。

「どうして、私がレオナに謝らないといけないの？」

私がしれっと答えると、レオナはさらに不満そうにムッと顔を顰めた。

「ううっ、酷いわ!! 私にあんなに酷いことを言っておいて、都合が悪くなったら忘れるなんて卑怯よ！ 私がどれだけあの言葉に傷ついたか……」

「ラウラっ！ レオナに謝れ！ ああ、こんなにも泣いて。可哀そうに」

フェリクスは私のことをきつく睨みつけると、泣いているレオナを抱き寄せ、宥めるように優しく彼女の頭を撫でていた。

（だめだわ、この人達に付き合っていられない。そもそも私は注意しただけで酷いことなんて一つも言っていないのに）

私は呆れて大袈裟にため息をもらすと、無視して部屋に戻ろうとした。

「ラウラ、まだ話は終わっていないぞ!! 逃げるつもりか!? レオナに謝れ!!」

フェリクスは怒りの感情をぶつけるように私に向かって叫んでいた。

（うるさいな……）

変な言いがかりをつけられて、怒声まで浴びせられ、謝ってほしいのは私のほうだ。

「一体、何の騒ぎだ？ これはフェリクス殿」

騒がしい声を聞きつけたのか、奥の部屋から父が出てきた。

また面倒臭い人間が一人加わり、私は落胆するようにため息をもらす。

「お父さまっ!! 聞いてください。お姉さまが、また私に酷いことを言うんです」

「なんだと!? ラウラ、お前はまたレオナをいじめたのか?」

レオナは父の姿を視界に入れるなり、悲痛な表情を浮かべたまま泣きついた。

そんなレオナの態度を見た父は、頭に血が上ったかのように怒鳴り散らし、私のことを憎しみの目で睨みつける。

このような光景を私は何度も目にしているせいか、いい加減慣れてしまった。

「バーデン伯爵、僕はラウラとの婚約を破棄したいと思っています。レオナに酷いことばかり言う彼女と結婚したくない。どう考えても無理だ。僕はラウラではなく、レオナと結婚したいと思っています」

「なんですと!? ……そう、ですか。レオナと……。分かりました」

フェリクスの告白のような発言を、レオナは嬉しそうに微笑みながら聞いていた。

うっとりとした表情を見せるレオナと目が合うと、フェリクスは照れたように頬を染める。

(これで解決かしら。私はもう関係ないし、部屋に戻っても構わないわよね)

私がこの場から立ち去ろうとしたその時、不意に父と視線が合った。

目を細め侮蔑するような視線を向けられ、私は何か嫌な予感を察知した。

「ラウラ、婚約破棄されたお前は、もうこの伯爵家には必要ない。出ていけ!!」

父は顔を真っ赤にして興奮気味に言い放つ。

さすがにこの言葉は想定外で、私は暫くの間、固まってしまった。

（出ていけ、か……）

私はこの伯爵家が大嫌いだ。

何かと妹と比べては嫌味を並べてくる母親に、私の言葉なんて一切聞く耳を持たない父親。

そして、私のことを貶めようとする我儘な妹。

こんな家には、なんの未練もない。

『出て行け』という言葉に爽快感すら抱いてしまう。

心の片隅で、私はそうしたいと願っていたのかもしれない。

こんな虐げられるだけのつまらない人生から抜け出して、楽になりたかった。

家を出る行為が無謀なことなのは十分承知しているし、一人でうまくやっていける自信も全くない。

だけど、この時の私は『出ていく』という選択肢がすごく魅力的に思えて仕方がなかった。

（ここには私の居場所なんてないわ。きっとこれからだって変わらないはずよ）

そんな風に思うと、気持ちが重く沈んでいく。

その気持ちが後押しになり、私は覚悟を決め大きく深呼吸をした。

「分かりました、出ていきます」

私は静かに呟くと、自分の部屋に戻り必要最低限の荷物を急いで鞄に押しこめる。

そして、部屋を出てからは誰とも目を合わすことなく邸をあとにした。

半分勢いではあったけれど、後悔はしていない。

長年背負っていた憂鬱な気持ちが徐々に晴れていくようで、なんとなく気分が良かった。

私はとりあえず王都の中心部へと向かうことにした。

私が住んでいた伯爵邸は王都の中心から少し離れた場所に存在している、いわゆるタウンハウスだ。

そのため、王都の中心街に辿り着くまでに、あまり時間はかからなかった。

一応、荷物を鞄に詰めてきたが、金目のものは一つもない。

両親はレオナには何だって買い与えていたが、私は違う。

どうしても顔を出さなければならない王家主催のパーティーに参加する時は、レオナにドレスや宝飾類を借りていた。

さすがにみすぼらしい姿で出席なんてできないからだ。

わずかな所持金は持ってきたが、それも数日もすればすべてなくなってしまうだろう。

(さすがにお金がないと、困るわね。どうしよう……)

王都の中心街に着いたものの、早速難題を抱えていた。

野宿すれば宿代は浮くが、さすがに怖いし抵抗がある。

そこで私は髪を売ることにして腰まであった長い髪を、肩くらいまでばっさりと切り落とした。

今の私はもう貴族でもないわけだし、髪が短くなったとしても何ら問題はないはずだ。

それに髪が短くなると、気持ちもすっきりできて良いリスタートが切れそうな気がした。

折角新しい人生を歩んでいくのだから、前向きな気持ちでいたほうがいい。

髪は思ったよりも高い値段で売れたので、これで数日は安心して過ごすことができそうだ。

しかし、お金が尽きる前に働き口を見つけなければならない。

そう思い立つと、私は直ぐにギルドへと向かうことにした。

ギルドでは冒険者向けの討伐依頼など、さまざまな依頼を受けつけていて、一般人向けの働き口の募集も常時行っているようだ。

私は働き口の依頼が張りつけられている掲示板を見にいった。

掲示板にはずらりと紙が貼られていて、一通り目を通してみる。

多種多様な仕事があり、自分にできそうなものを考えながら探していくと、一つ目に留まる張り紙があった。

それは公爵家でのメイドの募集だった。

高収入で住みこみプラス三食付きと書かれている。

なんて魅力的な内容なのだろう。

(メイドってうちの邸にもいたけど、お茶の準備をしたり、掃除をしたり主に雑用よね)

それなら私にもできるかもしれない。

他の募集も一通り見たが、これ以上に待遇が良いものは見つからなかった。

経験者歓迎と書かれているが、未経験者でも大丈夫なのか聞いてみることにした。

そう思い、私は掲示板からその張り紙を取って受付へと向かう。

「あの、メイド経験はないのですが、大丈夫でしょうか？」

「多分問題ないとは思いますが、本当にこちらを志望するおつもりですか？」

窓口の受付係はその紙を見て、とても険しい顔をして言った。

もしかして、私には無理だと思われたのだろうか。

そんな不安が頭を過るが、今の私には迷っている余裕なんてない。

「はい、できたら応募したいと思っています」

弱気な姿を見せたら断られるかもしれないと思った私は、はっきりとした口調で答えた。

「貴方は、ヴァレンシュタイン公爵様をご存知ではないのですか？」

「えっと……」

私はあまり貴族については詳しくなくて、名前を出されても分からず口籠もってしまう。

「ヴァレンシュタイン公爵家の当主である、アルフォンス様は王族です。そして若くして近衛騎士団を率いていた方です。一年程前に退団されて戦果を挙げた功績で、公爵位を与えられたそうです。当時、戦場では数百……、いや、数千人は切り殺したと言われていて、人を斬ることに一切の躊躇はない。気難しい人で、少しでも逆鱗に触れれば……」

「…………」

受付係の脅しともとれる発言に、ぞくりと背筋に鳥肌が立つ。

公爵家の当主である、アルフォンスという人物の怖さは十分すぎる程伝わってきた。

「怖がってすぐに辞められる方も多いので、公爵様は大変怒っておられます。高待遇なのはなかなか続けられる人間が見つからないからです。貴女にその覚悟はありますか？」

「……それは」

そんな話を聞かされて私は委縮してしまう。

だけど、こんなに高待遇の求人なんて他にはないし、『住みこみプラス三食付き』という言葉に魅せられてしまった。

今の私には行く場所なんてどこにもないし、助けてくれる人もいない。頼れるのは自分だけだ。

真面目に働けば、きっと主である公爵様に目を付けられる心配もないだろう。

（大丈夫……。この仕事が決まれば住むところも、食事の問題もすべて解決するわ）

「私、ここで働きたいですっ！」

私は再びはっきりとした口調で答えた。

「覚悟は……、ありそうですね。分かりました。それでは後日公爵邸で面接を受けてもらうことになります。こちらから公爵家に連絡を入れさせていただきますので、追って面接の日程をお知らせしますね」

「分かりました。よろしくお願いします！」

面接があるので採用されるのかはまだ分からないが、やれるだけやってみようと思っている。

それに仕事が決まるかもしれないと思うと、少しだけほっとした。

直ぐにギルドの人が公爵家に連絡を入れてくれ、翌日には面接の日程を知らされた。

そして、それから三日後。

私は面接を受けに公爵邸を訪れていた。

執事に「面接に来ました」と伝えると応接間へと通された。

私の心臓はうるさい程にバクバクと鳴り響いている。

こんなに緊張するのは生まれて初めてかもしれない。

貴族の邸は見慣れているので驚かない自信はあったのだが、さすが公爵邸というべきなのか、予想を遥かに超えた大きさで、邸を取り囲むように大きな庭が広がっている。

背の高い生垣は綺麗に同じ高さで並び、中心には薔薇園もあるようだ。

薔薇の甘い香りを感じながらさらに奥へと進むと、まるで城のような造りの建物がどっしりと構えていた。

(私、来る場所間違えたかな……。未経験者の私が勤めるような場所ではない気がするわ)

待っている間、つい弱気なことを考えてしまい全身がどんどん強張っていく。

その時、急に扉が開き奥から執事服を着た初老の男が入ってきた。

年齢は六十前後といったところだろうか。

髪は白髪なのだが、執事服をしっかりと着こなし姿勢もすごく綺麗だ。

きっと長年執事として仕えている者なのだろう。

「よ、よろしくお願いします」

私は慌てるようにソファーから立ち上がり挨拶をしたのだが、緊張しすぎていたこともあり声がわずかに震えてしまう。

「大分緊張なさっているようですね。私はただの執事ですので、気を楽にしてくださいね」

執事の男は穏やかな口調で話し、私に向けられた表情もとても優しそうに見えた。

（優しそうな人で良かったわ）

「早速面接させていただきますね。座りながらで構いませんので、楽な気持ちで私の質問に答えてください。ああ、私としたことが挨拶を忘れていました。私はヴァレンシュタイン公爵家に仕える執事長のアルバン・バシュと申します。まずは貴女のお名前を伺ってもよろしいですか？」

「はい。ラウラ・バー……いえ、ラウラと申します」

途中まで言いかけたが、私はもう伯爵家の人間ではない。

だからラウラとだけ名乗った。

「ラウラさんと仰るのですね。メイドのご経験はありますか？　どこかのお邸で仕えていたなどあれば教えてください」

「ありません。私はメイドの経験もないですし、働くのも初めてになります」

私が答えるとアルバンは「働くのも？」と少し驚いた顔をして聞き返してきた。

「はい。雇っていただけたら一生懸命働かせていただきますっ！　最初は慣れないかもしれませんが、必死で覚えます！」

私は質問されていないことまで思わず喋ってしまう。それくらい緊張していた。

「ふふ、ラウラさんは随分とやる気がありそうですね。ならば、採用しましょう」

「え……？　ほ、本当ですか？」

あまりにも簡単に採用されてしまい、私はきょとんとしてしまう。

「ええ、本当ですよ。ずっと人手不足で困っていたので、貴女みたいに若くてやる気がある人に入っていただけるのはありがたいことです」

「ありがとうございます!!　私、精一杯頑張りますのでどうぞよろしくお願いします」

嬉しさが込み上げてきて、自然と声も明るいものへと変わっていく。

まさか、こんなにも簡単に決まってしまうなんて思ってもいなかった。

（本当に採用されちゃった。どうしよう、すごく嬉しい。頑張って早く仕事を覚えて、クビにならないようにしなきゃ）

「ああ、それから大事なことを伝えるのを忘れていました。こちらのお邸の当主であるアルフォンス様についてですが、厳格な方でいらっしゃいますが決して怖い方ではございません。噂ではいろいろと言われているようですが、半分は大袈裟に周りが言っているだけです」

「そうなのですか？」

「アルフォンス様は普段は穏やかで、使用人にさえも気を遣ってくださる、お優しい方ですよ。だから安心して働いてくださいね。ただ……、敵だと見なした相手には容赦ないので、それだけ気をつけてください」

「…………」

以前ギルドの受付係が話していた内容を思い出し、私は小さく体を震わせた。

（公爵様ってやっぱり怖い方なのかしら。だけど、敵だと思われないようにすれば大丈夫よね）

そんな時、奥のほうからガチャっと扉が開く音が聞こえ、私は視線をそちらへと向けた。

「アルバンさんっ！　折角来てくれた新しいメイド志願者を怖がらせてどうするんですか！」

「ああ、すみません。一応、伝えておいたほうがよろしいかと思いまして。中には悪いことを考えている輩（やから）もおりますから。だけど、ラウラさんはそのような心配はなさそうですね。怖がらせてしまって申し訳ありません。実は、そういう反応を見るのが楽しみで、少し大袈裟に話してしまいました」

アルバンは冗談ぽく言った。

（冗談、だったの？）

「もうっ！　毎回面接で逃げちゃう人が多いのって、半分はアルバンさんのせいよ！　今日は間に合って良かったわ」

視線の先にはメイド服を着た若い女性が立っていて、呆れた顔でアルバンを見ている。

アルバンは彼女に制されて苦笑しながら再度謝ってきたので、私は「大丈夫です」と弱弱しく答えた。

「ラウラさん、だっけ？　アルバンさんの言葉は信じなくて大丈夫よ。アルフォンス様は本当に優しい方だから」

「そうなのですね。それを聞けて安心しました」

私がほっとしていると、若いメイドはにこにこしながらソファーのほうへと近づき、私の隣に腰かけた。

「ラウラさんは、採用されたのよね」

「はい」

私が戸惑っていると、アルバンが代わりに答えてくれた。

「私がしっかり仕事を教えてあげるから、辞めずに頑張ってね。あ、私はビアンカよ。年齢が近い感じの子って他にいないから、ラウラさんみたいな人が来てくれてすごく嬉しいわっ！」

ビアンカは本当に嬉しそうに声をを弾ませる。

彼女は赤毛の髪に色素の薄い茶色い瞳をしていて、よく喋る明るそうなタイプだ。

話しやすそうな感じで、なんだかほっとする。

「ラウラさんは、いつから仕事に入れる？」

「いつでも大丈夫です。できれば早いほうが助かります」

お金もそろそろ底を尽きそうだったので早く仕事をしたかった。

働けるなら早いほうがいい。

「ビアンカさん、私の仕事を取らないでください」

「えー、いいじゃない。ねえ、アルバンさん。ラウラさんの部屋ってもう用意できる？」

いつの間にかビアンカが話の主導権を握っていて、アルバンは役目を奪われてしまい苦笑している。

私はそんな二人のやりとりを眺めながら、仲が良いんだなと感心していた。

「使用人の部屋はいつ来られても大丈夫なように準備はできていますよ」

「じゃあ、ラウラさん。私が部屋まで案内してあげるわ！」

ビアンカは私の腕をグイっと掴んだ。

「よろしくお願いします」

「そういうことなのでアルバンさん、あとは私に任せてね！」

ビアンカは私の腕を強引に掴みながら扉のほうに歩き出す。

私は慌ててアルバンさんのほうを向き、軽く一礼し、この部屋をあとにした。

二人で廊下を並ぶように歩いていると、ビアンカは話し始める。

「ラウラさんは貴族でしょ？　雰囲気で分かるわ」

「えっと……」

説明したほうが良いのか私が迷っていると「いろいろ事情があるんでしょ？　無理に話さなくていいわ」と先に言われてしまった。

「私は生まれた時から平民だったの。まあ、見れば分かるよね。マナーなんて何も知らないし、敬語もまともに使えない」

「……」

彼女と出会ってまだ数分しか経っていないが、言われてみれば少し砕けた会話のようにも感じる。

しかし、気の利いた言葉が思いつかず、私は何も返すことができなかった。

「ラウラさん、戸惑いすぎよ。別に平民であることを悔やんでいるわけではないから、そんな顔をしないで。なんか、ラウラさんって貴族って感じがあまりしないわね」

「そうですか？」

ビアンカは「そうよ」と即答するとクスクスと楽しそうに笑っていて、その表情から不快感は一切見受けられなかった。

（良かった。怒っていないみたい）

ほっとすると緊張も自然と緩んでいく。

「私ね、幼い頃に両親を亡くしてからずっと孤児だったの」

「え……」

突然の言葉に私は耳を疑った。

しかし、その言葉はしっかりと聞き取れていたので勘違いではないはずだ。

「孤児院を出たあと、この公爵邸で仕事をするようになったんだけど、アルフォンス様は私の生い立ちなど気にすることなく接してくれるのよ。信じられないわよね」

悲しい話をしているはずなのに、ビアンカの表情が暗くなることはなかった。

彼女をそんな表情にさせているのは他でもない、この邸の主である、アルフォンス・ルセック・ヴァレンシュタイン公爵なのだろう。まだ会ったことはないけど、この屋敷に仕える者達からは好かれているようだ。

アルバンもビアンカも彼のことを優しいと言っている。

（一体、どんな方なのかしら）

そう思うと、会ってみたいという気持ちが膨らんでいった。

メイドの朝は早い。

昨晩は興奮からあまり寝つけなくて少し眠気が残っていたが、初日から失敗なんてできないので「頑張ろう！」と自分に活を入れる。

私は初めて仕事着であるメイド服に袖を通した。

黒地のワンピースを着て、その上から白いふんわりとしたエプロン身につけ、最後に頭の上に白いカチューシャをセットする。

（伯爵家でも毎日のように見ていたけど、まさか自分が着ることになるなんて夢にも思わなかったわ）

私は鏡に映る自分の姿を見て、なんとも不思議な気分になる。

そんな時、トントンと部屋をノックする音が聞こえた。

「ラウラさん、準備はできた？」

「は、はい！　今行きます」

扉の前からビアンカの声が聞こえてきたので、最後にもう一度鏡をチェックすると私は部屋を出た。

「へえ、案外似合っているじゃない」

「ありがとうございます。ビアンカさん、今日からよろしくお願いします」

似合っていると言われて、少し嬉しくなり顔がわずかに綻ぶ。

「ラウラさんは、今日からこの公爵邸で働くことになったのだから、まずはアルフォンス様に挨拶からね」

「え？　挨拶、ですか？　い、いきなりすぎませんか⁉」

私は彼女の言葉に驚き、戸惑った声を上げてしまう。

初日なので、今日はいろいろな仕事を教えてもらうだけで終わるのだと思っていた。

（どうしよう、いきなり挨拶なんて言われても困るわ。心の準備だって全然できてないし、もし公爵様の前で粗相なんてしてしまったら……）

そんな風に考えてしまうと、ますます不安が増していく。

「アルフォンス様の朝食後の予定だから、よろしくね」

「が、頑張ります」

私が弱気な返事をすると、ビアンカは「緊張しすぎよ」と言っておかしそうに笑っていた。

（緊張しないほうが無理だわ。相手は公爵様よ。元は王族って言っていたし……）

こんなことをいくら考えていても何の解決にもならない。

それならばと思い、私は頭をフル回転させて必死に挨拶の言葉を考え始める。

そして朝食までの間、ビアンカに邸内を案内してもらっていた。

邸内はとても広いため今後迷わないように、持っていたメモ帳にいろいろと書きこんでいく。

そんなことをしていると時間はあっという間に過ぎて、朝食の時間、私にとっては挨拶の時間が来てしまった。

食堂に入るとビアンカの後ろを重い足取りでゆっくりと進み、中央にある長いテーブルの前へと近づいていく。

一歩進むごとに胸の鼓動が早くなっていくのを感じる。

（まずは落ち着かないと……！）

頭の中で挨拶の言葉を考えていたはずなのに、過度の緊張からその内容は一瞬で吹き飛んでしまった。

「アルフォンス様、おはようございます」

「ああ、ビアンカか。おはよう」

ビアンカは平然とした顔で挨拶をしていた。

「漸く新しいメイドが決まりましたので、今日はそのご挨拶に参りました」

「そうか、やっとだな」

ビアンカは私のほうを振り返ると「ラウラさん、お願いね」と笑顔で言った。

彼女に促されて私が前に出ると、早速アルフォンスと目が合う。

私の視界に金色のサラサラの髪と、吸いこまれそうな深い緑色の瞳が映りこむ。

騎士団に所属していたと聞いていたので、体格が良くて年齢もそれなりに上の人だと勝手に想像していた。

しかし実際に私の前にいる男は、見惚れてしまう程に端麗な顔立ちで、年齢は二十代後半くらいに見える。

体格もどちらかと言えば細身なほうだった。

予想が見事に外れたことで、戸惑いを隠す余裕がない程私は動揺していた。

「きょ、今日から、こちらのお邸でメイドとして働かせていただくことになりました、ラウラです。どうぞ、よろしくお願いします」

それでも緊張が表に出ないように必死に笑顔を繕ってみたが、声は震えてしまった。

「……君は」

「……？」

アルフォンスは私の顔を見て少し驚いた表情を浮かべたが、すぐにそれは柔らかい笑みへと変わる。

「慣れるまでは大変だとは思うけど頑張ってくれ。分からないことは、ビアンカやアルバンに聞くといい」

「はい。一日でも早く仕事を覚えて、精一杯お仕えさせていただきます」

私が緊張しながら答えると、アルフォンスはふっと笑って「仕事熱心なのはいいことだな」と感心したように言った。

「少し彼女に聞きたいことがある。話が終わったら俺が彼女を連れていくから、ビアンカは先に仕事に戻っていてくれ」

その言葉を聞いて、私はびくっと小さく反応する。

(私に聞きたいことって何かしら。いきなり二人きりにしないでっ……)

私は平然を装ってなんとかこの場に立っているが、内心はかなり焦っていた。

「分かりました。それでは失礼させていただきます」

ビアンカがあっさりと立ち去ってしまい、私一人が取り残されて動揺していると、再びアルフォンスと目が合う。

(……っ!!)

「そんなに緊張する必要なんてないぞ？」

「……っ」

アルフォンスは小さく口端を上げて笑っている。その表情はとても穏やかに見えた。

「ああ、突然笑って失礼だよな。悪いな。さっきも言ったが、君に聞きたいことがある」

「何でしょうか？」

「君は、確か貴族の生まれだったよな？　俺の記憶が正しければ、バーデン家の令嬢だったと思うのだが。その君がどうしてここでメイドとして働こうとしているんだ？」

アルフォンスは私がバーデン家の人間であることをなぜか知っているようだ。

しかし、私はアルフォンスに会ったこともなければ、公爵であることすら知らなかった。

(どうして、私の名前を知っているの？　どこかで会った……？　王家主催の夜会かしら……。だけど直接話したことは絶対にないと思うわ)

こんなにも見目麗しい容姿で、さらに王族の血を引いているとなれば、出会った時点で記憶に残っているはずだ。

だけど、いくら考えても思い出せない。

「それには少し複雑な事情がありまして」

「差し支えなければ、聞いても構わないか？」

私が戸惑いながら答えると、アルフォンスはわずかに目を細めた。

こんなことを聞かれるなんて予想もしていなかったので、どのように説明したらいいのか私は必死に頭の中で考える。

暫く私が黙りこんでいると、彼は「無理強いはしない」と呟いた。

気を遣ってくれたことは嬉しかったが、彼はこの邸の主で私は雇われたメイド。

変に不審がられないためにも、ここは事実をちゃんと説明しておくべきだと思い、私は覚悟を決めた。

「数日前、私は邸から追放されました。恐らく、貴族としての戸籍もすでに取り消されていると思います」

「……は？　追放された？　それはどういう意味だ？」

アルフォンスは驚いた顔を見せ、直ぐに新たな質問を投げかけてくる。

私は思わず引き攣った笑いを浮かべてしまうが、彼の瞳は真っ直ぐにこちらを見捉えていて次の言葉を待っているようだ。

（話すと決めたからには、すべて伝えてしまったほうがいいのかも……）

彼は私がバーデン家の人間だったことを知っていた。ということは、間違いなくあの家の不名誉な噂もすでに耳に入っているはずだ。

追放された私には、バーデン家を守る義理もない。

「無理はしなくていいよ」

私が暫く黙っていると、またも気遣うように彼は優しい声で呟く。

今の私達は主従関係であるというのに、どうして彼はそんなに優しい言葉を口にしてくれるのだろう。それが分からなくて私は少し戸惑っていた。

「だ、大丈夫です。何から話そうか考えていて……」

「急にこんなことを聞いてしまったからな。君の考えが纏まるまで待っているよ」

私が慌てて答えると、やっぱり彼は怒ることはせず、柔らかく微笑みかけてくる。

アルフォンスに会ってから予想外なことばかり続き、私はずっと動揺しっぱなしだ。

だけど、不思議と嫌な気分にはならなかった。それは彼が好意的に接してくれているからなのだろう。

私は覚悟を決めると掌をぎゅっと握りしめて、ゆっくりと話し始めた。

「私には婚約者がいたのですが、他に好きな相手がいるようで婚約破棄を強引に迫られました。ちなみに好きな相手というのは私の妹です」

私が話している間、彼は一切視線を逸らそうとはしなかった。

落ち着かないのでこちらのほうが視線を逸らしたくなるが、私の話を聞こうとしている相手にそんなことをしてしまうのは失礼にあたるだろう。そう思うと耐えるしかなかった。

(そんなに、じっと見つめないで！)

私は伝わることのない念を視線で送り、話を続ける。

「二人の心が通じ合っていることはすでに分かっていたので、私は彼の言葉を受け入れました。だけど、運悪くその場にお父様が現れて」

「タイミングが悪かったのか」

アルフォンスの言葉に、私は困ったように眉を下げた。

「はい。婚約破棄をされた私は伯爵家には必要ないので出ていけと、そう言われて邸から出ました」

「君はそんな酷い環境で過ごしていたんだな」

彼は顔を顰(しか)め、少し苦しそうに呟く。私はそれを見て、また違和感を覚えた。

どうして、この人は私の気持ちを理解しようとしてくれるのだろう。

「私は今まで貴族の暮らしをしていたので、メイドの仕事も、働くのも初めてになります。だけど一生懸命頑張ります！　……なのでどうか、私をここで働かせてください。お願いしますっ！」

私は言い終わると深々と頭を下げた。

婚約者に捨てられ、父親にも見限られた私なんて雇いたくないと思われるかもしれない。

だけどここを辞めさせられたら、また一から職を探さなくてはならなくなる。

「顔を上げてくれ。俺は君を雇うことを決めた。それに、こんなにも仕事に意欲的な君を手放したりはしないよ」

「……っ」

彼の穏やかな声を聞いて、私の緊張は解れていく。

ゆっくりと顔を上げて、恐る恐るアルフォンスの顔を覗くと、深い緑色の優しい瞳と目が合った。

彼からは一切の敵意や蔑みといったものは感じない。

こんなにも簡単に私の言葉を受け入れてくれる人なんて傍にはいなかったので、私はどうしていいのか分からず戸惑っていた。

「そんなにも酷い男が婚約者だったのなら、破棄されて逆に良かったのかもしれないな。君だって妹に手を出すような男と、結婚なんてしたくはないだろう？」

「私もあまり好きな相手ではなかったので、むしろ妹を選んでくれて良かったなって思っています。……っ!!　あっ、申し訳ありません、今の言葉は忘れてください」

気付けば私は本音をもらしていた。

慌てて撤回したが、突然彼はおかしそうに笑う。

「くく、やっぱり君もそう思っていたのだな」

「……っ、笑いすぎです！」

私が困った顔で答えると、彼は「悪いな」と謝ってきたが顔はまだ緩んでいた。

「言いづらいことだったろうに、話してくれてありがとう。最後にもう一つだけ聞いても構わないか？」

「はい」

「君は、バーデン家に戻りたいとは思っているのか？」

「いいえ、思っていません。あそこに私の居場所なんてないですし、両親が可愛がっているのは妹だけです。私はもう二度とあの邸には戻りません」

私は首を横に振ると、迷うことなくはっきりとした声で答えた。

「そうか、分かった。それならば、今日からここが君の居場所だな。この邸内には君を悪く言う人間はいないはずだ。安心して仕事に励んでくれ」

「はいっ、ありがとうございます。私、できる限り頑張ります！」

受け入れられたことが本当に嬉しくて、笑みが零れる。

「……やっぱり、いいな」

アルフォンスは私のことを真っ直ぐに見つめながら、ぽつりと小さく呟いた。

私は何のことか分からず、不思議に思って顔を横に傾ける。

その時のアルフォンスの顔はとても優しく見えて、なんだかドキドキしてしまった。

「いや、こっちの話だ。少し長話になってしまったな。ビアンカが首を長くして待っているはずだ」

アルフォンスは椅子から立ち上がると「行こうか」と告げる。

この邸の主であるアルフォンスは、私が想像していた人物とは全く異なっていた。

公爵位を持ち、しかも王族なのに、平民落ちになった私の話をちゃんと聞いてくれて、気遣ってもくれる。

彼は優しくて、気さくな人だった。

(ここでなら、うまくやっていけるような気がするわ)


公爵邸に来てから一ヶ月程が経った。

仕事の楽しさを感じ始めた時期でもある。

つい先日まではビアンカの傍に付いて、教えてもらいながら一緒に働いていた。

(今日からは割り振られた仕事を一人でこなさなければならないのね)

私に任せられた仕事は主に応接間など、普段あまり使われない部屋の掃除だった。

この邸に客人が訪れることは滅多にないが、いつ誰が来ても綺麗な部屋に案内できるように、普段から丁寧な掃除をしておく必要がある。

私が応接間で拭き掃除をしていると、意外な人物がやってきた。

「頑張っているな」

不意に背後から低い声が響き反射的に振り返ると、そこに立っていたのはこの邸の主であるアルフォンスだった。

「アルフォンス様、どうなさいましたか?」

私は驚きを隠すように問いかけた。

「仕事が一段落したところだから、一緒にお茶でもどうかと思ってな」

「お茶、ですか？　それは、その……、私と、でしょうか？」

室内には二人しかいないのに、私は歯切れの悪い口調で聞き返した。

(アルフォンス様は、メイドと一緒にお茶をされるの？　でも、ビアンカさんとも仲がよろしいみたいだし、おかしくはないのかも……)

「ああ、そうだ。君のことを誘っている」

「お誘いはありがたいのですが、私にはまだ仕事が残っていますので」

私が断ると、アルフォンスはふっと小さく笑う。

そして中央にあるソファーまで移動したかと思えば、そこに腰を下ろした。

「それならば仕事が終わるまで、ここで君の仕事ぶりでも拝見させてもらおうかな」

「……っ⁉」

(一体、何を言い出すの⁉)

アルフォンスは愉しげな口調で答えると、私のほうへと視線を向ける。

私はこれ以上言い返すのも失礼だと思い、仕方なく仕事を続けることにした。

アルフォンスは視線で私のことを追いかけてくる。

あからさまに見られているのが分かると、気になって仕事に集中することができない。

(もしかして、私が一人でちゃんと仕事ができているか、チェックしにきたのかしら？)

そんなことを考えてしまうと、ますます緊張で集中できなくなってしまう。

「明日、急な来客があってこの部屋を使うことになったんだ。ラウラが綺麗に掃除をしてくれるから助かるよ。ありがとう」

「……っ」

突然アルフォンスに名前を呼ばれて、急に鼓動が速くなる。

彼は普段は私のことを『君』と呼ぶことが多いけど、たまにこうして名前で呼ぶこともあり、その不意打ちに私は毎回ドキドキさせられてしまう。

(急に名前を呼ばないでっ！　心臓に悪いわ……)

「まさか君が俺の邸でメイドとして働くことになるなんて、思ってもみなかったよ」

「未経験の私を雇ってくれたアルフォンス様には本当に感謝しています。あの、前から気になっていたのですが、アルフォンス様は私のことをご存知だったのですか？」

どうしてアルフォンスが私を知っているのか、ずっと気になっていた。

「昔、夜会で君のことを見かけたんだ」

「夜会……？」

彼は思い出すかのように呟いた。

「もう、大分前になるな。俺はあまり社交界に顔を出すことはなかったんだが、周りがいろいろとうるさくてね。その日は仕方なく出席したんだ。そこで偶然、君が妹であるレオナ嬢を叱りつけている場面を見かけた」

「……っ!?」

(嘘でしょ……？　あんな場面をアルフォンス様に見られていたの⁉)

私は絶句し、急に戸惑いと恥ずかしさが込み上げてきた。

「君には悪いが、最初見た時は君のことを酷い女だと思ったよ。こんな場所に来てまで叱りつけなくてもいいのに、とね。それに、あの時のレオナ嬢は泣き出しそうな顔をしていたからな」

「…………」

嘘泣きはレオナの常套手段だ。

泣けば誰かが助けにきてくれるとでも思っているのだろう。

実際、レオナの思惑通りにことが運び、妹に熱を上げたどこぞの令息が仲裁に入った。

そして私を悪者に吊るし上げ、姉にいじめられた可哀そうな妹を演じていたのだ。

(私がレオナを叱りつけていたのは、あの子のせいで傷つく人間がいることを知っていたからなのに)

それに私だって、いつも妹の尻拭いばかりさせられるのには、いい加減ウンザリしていた。

今のアルフォンスの話を聞いて、周囲から見た私はやっぱり悪者に見えていたんだと再確認すると、なんだか悲しい気分になった。

私が一人で落ちこんでいる中、アルフォンスは話を続ける。

「次に君を見かけた時は、令嬢達に囲まれて今度は逆に責められていた。君は言い返すことは一切せず、ただ必死に頭を下げてずっと謝り続けていた。真逆な態度をとる君に興味を持った。どちらの君が本物なのだろうとね。まあ、最初はただの好奇心だったんだけどな」

「お恥ずかしいところを、お見せしてしまったのですね」

こんな過去の醜態を聞かされて恥ずかしくなり、今すぐにでもここから逃げ出したくなる。

私が動揺していると、アルフォンスは優しい声で「最後まで聞いて」と続けた。

「その後、友人から君の話を聞かされた。そこで初めて君がラウラ・バーデンという名であることを知った」

今の話を聞いて、どうしてアルフォンスが私のことを知っていたのか、漸く理解できた。

「夜会に来る度に、君が妹のレオナ嬢の尻拭いをしているということも聞いた。レオナ嬢が男好きだというのは、社交界ではかなり有名な話らしいな。その事実を聞いて、君のことを酷い女だと思ってしまった自分自身を後悔した」

アルフォンスは顔を顰めて悔いているような表情を見せると、深くため息をもらした。

レオナを一度は可哀そうと思ってしまったことを思い出し、嫌な気分になったのだろうか。

私がそんなことで悩んでいると、アルフォンスは再び話を続けた。

「その話を聞いてから、妙に気になって会場内にいる君のことを探した。令嬢達に酷い言葉を浴びせられていたから、さぞ落ちこんでいるのではないかと思っていたのだが……。そしてやっと君を見つけた時、すごく幸せそうな顔をしてケーキを頬張っていた」

「……っ!!」

アルフォンスはあの時の場面を思い出しているのか、おかしそうにクスクスと笑い始めた。

恥ずかしい場面ばかり見られていたのだと分かり、穴があったら入りたい気持ちになる。

「本当に、この女は何なんだって思ったよ。もっと君のことが知りたくなって、それからいろいろな夜会に出席してみたけど、あれ以来君を見かけることは一度もなかった」

「お恥ずかしい姿ばかり見せてしまい、申し訳ありません。元々、私は王家主催のものしか出席していなくて、最近はそれも欠席していました」

「やっぱりそうなのか。どうして出席しなくなったのか、理由を聞いても構わないか？」

「はい。両親は妹だけを可愛がっていたので、当然私にはドレスも宝石も一切与えてはくれませんでした。パーティーに出席する時は、レオナに頭を下げて借りるしかなかったので」

「は？」

アルフォンスは驚いた声を上げると、眉を顰めた。

「それでも、レオナの機嫌が悪いと、いくら頼んでも貸してくれませんでした。そういった時は体調不良を理由にして欠席するしかありませんでした」

話していると、あの時の嫌な記憶が蘇ってくる。私にとっては屈辱でしかなかった、本当に嫌な記憶だ。

しかもレオナはわざと嫌がらせのように地味なドレスを用意させ、それを私に着させていた。

私がなかなか屈しないから、面白くなかったのだろう。

私が話し終えると、アルフォンスは深く息を吐き「そういうことだったのか」と納得するように呟いた。

「名前は分かっていたから直接君の邸に出向くこともできたのだが、面識もなかったし婚約者がいることも分かっていたからな。だけどあの時、強引にでも決断すべきだった」

「……？」

私には彼が何のことを言っているのか分からず、小さく顔を傾げた。

すると突然、アルフォンスはソファーから立ち上がり、私のほうに近づいてくる。

気付けば目の前にアルフォンスの姿があり、私は驚いて顔を上げた。

「それならば、もう遠慮はいらないのか」

「遠慮……？」

「君を本気で口説いても問題はないよな？」

「は？」

突然そんな話をされて、私の頭は一瞬思考が停止する。

口元からは気の抜けた声がもれ、きょとんとして彼を見上げていた。

(今、なんて……？　口説くって聞こえたけど、きっと聞き間違えよね)

そのことを聞き返そうとしたが、先にアルフォンスが口を開いた。

「最近というわけでもないが、周りから縁談をしつこく勧められていて正直参っている。よく知りもしない女と結婚なんてできるか。それに相手くらい自分で見つけたいと思っていた。そこにまさかの君が現れた」

「あの、仰っている意味がよく分からないのですが……」

困った私は眉を寄せて、必死に言葉を返す。

しかし嫌な予感を察して私が一歩後退(あとずさ)ると、それに合わせるように彼は一歩前進する。

そのため、距離が一向に広がらない。

(何で迫ってくるの⁉)

暫(しばら)くそんな行動を取っていると、私の背中に硬いものが当たった。

「それ以上は行けないぞ？　残念だったな」

戸惑う私に、アルフォンスは意地悪そうな顔で言う。

「折角こうして君と出会う機会が訪れたんだ。とはいっても、君の気持ちを無視して強引に奪ってしまえば確実に嫌われるだろうな。できればそんな真似はしたくない。俺は君の心も欲しいからな。そこで提案なのだが、聞いてくれるか？」

「……っ」

アルフォンスは私を閉じこめるように壁に手を置き、完全に逃げ場を奪った。

そしてじっと見つめられ彼の深い緑色の瞳に囚われると、目を逸らすことなんてできなくなる。

(この展開は何なの……⁉　アルフォンス様、顔が近すぎますっ‼)

「これから、俺は本気で君のことを口説かせてもらう。でも、君が俺に落ちてくるまでは待つつもりだ」

私はその言葉に息を呑んだ。

伝える相手を間違えているのではないかとも思ったが、彼の瞳に今映っているのは私しかいない。

「だけど、もし少しでも俺に気がある素振りを見せた時は、遠慮なく君のすべてを奪わせてもらう」

「奪うって、何をですか？　私は何も持っていません」

私が戸惑いながら答えると、アルフォンスは口端を上げて私の耳元に唇を寄せた。

そして艶のある声で「心も体もすべてだ」と囁いた。

「……っ⁉」

私の顔は見る見るうちに熱に包まれていく。

「これは冗談でも、からかっているわけでもない。今まで心を惹かれた女性は君以外にはいなかった。一度は諦めたが、こうやって再び君と出会うことができたんだ。運命だとは思わないか？　俺はそう思っている」

彼の表情を見ていれば、これが冗談で言っていないことくらい直ぐに分かった。

(どうしよう……)

彼との出会いはこの邸を訪れてからだし、何よりもアルフォンスがどんな人間であるのかを全く知らない。

優しい人であることは分かっているが、それだけの理由で彼の言葉を信じて受け入れてしまっても良いのだろうか。

私はこの雰囲気に呑まれないように、掌をぎゅっと握りしめ自分を制した。

「それは、私には拒否権がないということですか？」

「まあ、そうなるな。俺に愛されるのは不満か？」

私は屈した姿を見せないように、彼の目を見てはっきりとした口調で聞き返した。

しかし、彼は動じることもなくあっさりと答えたので私は再び返答に困ってしまう。

戸惑いから、つい「そんなことはないですが……」と弱々しく答えてしまうと、アルフォンスはさらに顔を近づけて迫ってくる。

至近距離でそんなにじっと見つめられると、本当に瞳の奥に吸いこまれてしまいそうになり、目を逸らすなんて不可能だ。

それに端麗なアルフォンスの顔がこんなにも近くにあるせいか、さっきから私の胸のざわめきが鳴り止まない。

「顔が赤いな、照れているのか？」

「……っ、顔が近すぎますっ」

私はどうしていいのか分からなくなり、泣き出しそうな顔で呟くと、アルフォンスは壁に置いていた手をぱっと離した。

「悪い。頬を染めている君があまりに愛らしく見えて、つい見つめすぎてしまったようだ」

「……っ!!」

そんな言葉を口に出されるとますます頬が熱くなり、どう対応したらいいのか分からなくなるのでやめてほしいと思った。

私は俯いて「愛らしくなんてないです」とぼそりと呟いた。

「いや、可愛いよ。少なくとも俺にはとても可愛らしく見える。君がここに来て一ヶ月程になるか。

掃除をしているところを何度か見かけたことがあったが、一生懸命頑張っている姿や、時折見せる嬉しそうな顔を見ていると、それだけで心が和む」

（そんなところ、いつ見られていたのかしら……。なんだかすごく恥ずかしいわ）

羞恥は感じるが、嫌な気持ちは一切なかった。

「君が笑顔を見せると、俺まで嬉しい気分になる。まあ、俺は君に惚れているから当然なんだが」

彼は照れる素振りを一切見せず、当然のように伝えてくる。

その度に私が翻弄されていることを、彼は分かった上でわざと言っているのだろう。そんな気がする。

「良い反応だな、ますます気に入った。その顔もすごく可愛いな」

「か、からかわないでくださいっ！」

私が顔を赤く染めて、むっとした顔で言い返すと、アルフォンスはふっと小さく笑った。

「その困った顔もすごくそそるな。さっきも伝えたが、からかったつもりはないぞ。俺は至って本気だ。だけど、都合良く受け入れてもらえるなんて思っていないし、直ぐに取って食べようとも思っていないから安心してくれ」

「……っ!!」

アルフォンスは時折冗談を交えてくるので、本気なのかそうじゃないのか分からなくて私は混乱してしまう。

だけど、そんなやりとりも不快に感じることはなかった。

ただ、すごくドキドキして、胸の奥がざわざわとうるさい。

「さてと、俺はそろそろ退散するよ。お喋りも楽しいが、掃除の邪魔ばかりしてはいつまで経っても君が休憩に入れなくなるからな」

「……っ！　忘れていました」

私がその言葉にはっとすると、アルフォンスはおかしそうに笑っていた。

「本当に君は表情がころころ変わるから、見ていて飽きないな。だけど、俺は執務室に戻るよ。終わったらお茶を持ってきて。一緒に休憩しよう」

「はい、かしこまりました」

アルフォンスは「楽しみに待っているよ」と言って応接間から出ていった。

彼の姿がこの部屋から消えたのを確認すると、強張っていた力がするすると抜けていく。

（び、びっくりした……）

アルフォンスが去ったあとも胸の高鳴りは続いていて、当分治まる気配はなさそうだ。

彼のような立場のある人間に、知らないところで好かれていただなんて信じられない。

（冗談ではないと言っていたけど、私はアルフォンス様に釣り合うような人間ではないわ）

もう貴族でもないし、この邸で雇われているだけのただのメイドだ。

公爵であるアルフォンスなら、いくらだって良い縁談はあるだろうに。何も持っていない私を選ぶ理由が分からない。

話してみて気付いたことだが、彼は身分を一切気にすることなく私やビアンカに接してくれる。

失礼な態度をとってしまっても怒る気配は一切ないし、彼と話していると立場を忘れてしまう時がある。

それに顔だってすごく綺麗だし、元騎士というくらいなのだから剣の腕も確かなのだろう。

どう考えても私にはもったいない相手だ。

(……あとでちゃんと断ろう。きっとアルフォンス様なら分かってくれるはずよ)


私は急いで掃除を済ませると道具を片づけ、お茶の準備をしに厨房に向かう。

厨房の奥にある給湯室に着くと、そこにはビアンカの姿があった。

「あ、ラウラさん。戻ったのね。お茶の準備ならすでに済ませてあるから、このカートを持ってアルフォンス様のお部屋に向かって」

「準備してくれていたのですね。ありがとうございます」

給仕用のカートに触れると、ビアンカは私の前に立ちにっこりと微笑んだ。

「今日からラウラさんはお茶係よ。よろしくね」

「え?」

「アルフォンス様のご指名なのよ。だから断れないわ」

「それって、これから毎日ってことですか?」

ビアンカの声はどこか弾んでいて楽しそうに見える。

「そうよ。今まで通り、応接間や客間の掃除をしてもらうのは変わらないけど、お茶の準備もお願いね。準備ができたらアルフォンス様と一緒に休憩を取ってきてね」

「……………」

ビアンカの言葉を聞いて、私は何かを察した。

「まさかアルフォンス様の初恋の人がラウラさんだったとは驚いたわ。ふふっ、運命の再会だなんてロマンティックね。応援しているから頑張ってね！」

「……っ」

ビアンカが目をキラキラ輝かせながら見てくるから、私は次第に恥ずかしくなっていく。

(頑張ってって言われても、困るのだけど……)

内心そんなことを考えていたが、応援してくれている相手に文句なんて言えるはずもない。

私が戸惑っていると、ビアンカは私の背中を押して給湯室から追い出した。

「アルフォンス様を待たせたらダメよ！　さあ、早く行ってきて」

「は、はい。では、行ってきます！」

私は苦笑しながら返事をすると、カートを押してアルフォンスの部屋へと向かう。

(どうして、こんなことに……。確実に二人きりになるってことよね。またあんな距離で迫られたら……っ)

廊下を歩きながらそんなことを考えていると、先程の応接間での出来事が頭に蘇り、顔の奥がぼっと熱くなっていくのを感じた。

恐らく、今私の顔は真っ赤に染まっているのだろう。

それだけではなく、鼓動まで早くなっているような気がする。

（落ち着かないと。またこんな顔をしていたら、アルフォンス様にからかわれてしまうわっ）

平常心を保とうとしても、一度熱くなった頬はなかなか冷めることはない。

気付けば、あっという間にアルフォンスの部屋の前まで到着していた。

私は気持ちを落ち着かせるために深呼吸をする。

（平常心、平常心……）

心の中で呪文のように唱えると、覚悟を決めて扉をノックした。

「アルフォンス様、お茶をお持ちいたしました」

「ああ、入って」

アルフォンスの返事を確認すると、私はゆっくりと扉を開く。

入口で「失礼します」と一礼したあと、部屋の中に足を踏み入れた。

私は極力彼とは視線を合わせないようにして部屋の中央まで進み、テーブルの横でお茶の準備を始める。

彼は黙ったまま執務机に向かっていた。

（きりが良いところまで仕事をするつもりなのかも）

そう思い、彼の仕事の邪魔にならないよう、極力音を立てないように準備を進めていく。

暫（しばら）くするとアルフォンスは椅子から立ち上がり、こちらへと近づいてきた。

今、彼の視線は間違いなく私に向いている。

その気配を感じると鼓動が勝手に速くなってしまうが、私は気付かないふりをしてカップにお茶を注いでいく。

「大分、お茶の淹れ方も様になってきたな」

「あ、ありがとうございます」

突然声をかけられて、ビクッと体が飛び跳ねそうになった。

ここにいるのは私とアルフォンスの二人だけ。

そんなことを考えてしまうと、余計に落ち着けなくなる。

なんとか準備を終えて少しだけほっとしていると、突然アルフォンスは並べたカップや皿を移動し始めた。

(え……？　何をしているの？)

私は理解できず、ただその様子を眺める。

すると彼は私のほうに顔を向けて、自分が座ったソファーの隣を軽く叩いた。

「君の席はここだ」

「……っ！」

私が戸惑いながら立ち尽くしていると、アルフォンスは「ラウラ」と私の名前を呼んだ。

先程からバクバクと鳴り響く鼓動が、一段階早くなったような気がする。

彼の隣に座るということは、当然距離が近くなるということ。

(アルフォンス様は、私の心臓を壊すつもりですかっ……！)

心の中で盛大に叫んでみたが、当然彼に伝わるはずもない。

「いつまでも立っていたら、折角君が淹れてくれたお茶が冷めてしまうぞ？」

「……っ、はい。ではお隣、失礼します」

急かすような言葉をかけられてしまうと、私は観念するようにソファーへと座った。できる限り距離を空けて。

私が緊張のあまり顔を俯かせていると、不意に隣からクスクスと笑い声が聞こえてくる。

ゆっくりと顔を上げると、優しく微笑む彼と目が合い、ドキッと心臓が飛び跳ねた。

「そんなに端のほうに座るなんて遠慮でもしているのか？　もっとこっちにおいで」

「で、でもっ……」

私が困った顔で言葉を詰まらせていると、彼のほうがこちらに近づいてくる。

「これで問題なくなったな」

「……っ」

またしても逃げ道を塞がれてしまい、私は困惑する。

緊張と恥ずかしさを紛らわすために、カップを手に取りお茶を一口飲みこんだ。

「熱っ！」

「大丈夫か？」

動揺しすぎていたせいで、沸かしたばかりのお湯であったことを自分ですっかり忘れていた。

アルフォンスは熱いお湯で淹れたお茶を好むのだ。

私が苦笑しながら「大丈夫です」と答えると、アルフォンスは「冷やすか？」心配そうに聞いてきたので再び「大丈夫です」と伝えた。

口の中が少し火傷でヒリヒリしているけど、時間が経てば自然に治まるだろう。

「ラウラは猫舌なのか？」

「はい。昔から熱いものは少し苦手で」

「なんだか可愛らしいな。それなら冷めるまで先にケーキでも食べるか？」

アルフォンスに勧められて頷くと、私はフォークを手に取った。今日は野苺のケーキで、彩りも鮮やかで見ているだけで幸せな気分になれる。

一口頬張ると、程良い酸味と甘さが口いっぱいに広がり、自然と顔が緩んでしまう。

「んー、美味しい……」

「ああ、その緩みきった顔。あの時と同じだ。その無防備で愛らしい姿を、また見たいと思っていたんだ」

アルフォンスはうっとりとした表情を浮かべ、自分の前に置かれている皿を私のほうへと移動させた。

「これも食べていいよ」

「……いえ、自分の分だけで結構ですっ」

食べている姿をじっと見られ、その上お世辞まで言われてしまうと、顔の奥が勝手に火照っていく。

「遠慮する必要はない。俺は君の幸せそうな顔をもっと見ていたいからな」

「食べている姿を見られるのは恥ずかしいので、あまり見ないでくださいっ！」

私は羞恥に耐えきれず、そっぽを向き逃げた。

「ラウラ、こっちを向いて」

「嫌ですっ……」

（お願いだから、これ以上見ないで……）

彼の魅惑的な瞳に囚われると、私はおかしくなってしまう。

胸が高揚し、顔が火照り、思考が定まらなくなるのだ。

「耳まで真っ赤だ。これで隠れているつもりか？」

「……ひぁっ」

突然耳元で囁かれ、彼の吐息が肌に触れると、私は驚いて変な声を上げてしまう。

（な、なに!?）

「耳が弱いのか？　確かに敏感そうに見えるな」

「もうっ、からかわないでくださいっ！」

私が慌てて振り向くと、思った以上に彼の顔が近くて、再び驚いてしまう。

「ラウラは俺のことが嫌いか？」

「……っ、嫌いではありません。アルフォンス様には本当に感謝しています」

私がまたも視線を逸らそうとすると、アルフォンスは「今度は逃がさないぞ」と言って、私の頬にそっと掌を添えた。

触れられた部分から彼の温もりを感じ、さらに鼓動が速くなる。

「そういうことを聞いているんじゃない。ラウラにとって俺は男としての魅力はないか？」

「魅力なら、ありすぎるくらいです。だから、そんなに見つめないでくださいっ」

「それならば、こういうことをされても嫌ではないか？」

「え……？」

アルフォンスはゆっくりと顔を寄せてきて、私の額にそっと唇を押しつけた。

その瞬間、私の顔は沸騰したかのように熱に包まれていく。

「その反応を見る限り、嫌ではなさそうだな」

「……っ、だからっ、からかわないでくださいって言っているじゃないですか！」

全身が火照っていくのを感じながら、私は彼の大きな胸板を両手で押し返した。

（今、額に口づけられた……!?）

それを再認識すると、じわじわと体中に熱が走り、混乱で頭の中が爆発しそうだった。

「驚かせたことは悪かったと思うが、俺の気持ちをからかっているの言葉だけで終わらせないでくれ。正直、こんなことは初めてで、俺もどうしたら良いのか分からないんだ」

アルフォンスは少し寂しそうな顔を浮かべ離れていった。

なんだか暗い雰囲気になってしまい、別の意味で困惑する。

（突然、そんな態度をとるのは反則だわっ！　それに距離だって近すぎるのよ）

興奮した心の中で文句を並べていたが、彼の発言を思い返すと確かに私は『からかっている』と何度も言っていた気がする。

それは恥ずかしさを紛らわすために何気なく口に出してしまった言葉だ。私にとっては大した意味を持たないが、彼には違ったのだろう。

意図的ではないにしろ、彼の気持ちを否定するような態度をとってしまったのだから、傷つけたことには違いない。

(あ……、今のは私のほうが悪いかも)

自分の非を認めると、私は申し訳ない気持ちで彼のほうに視線を向けた。

彼が傷つかない言葉を私は頭の中で必死に探す。しかし、綺麗ごとを並べただけでは、彼の心にはきっと届かないだろう。

そこで、ありのままの気持ちを伝えようと思い、徐に口を開いた。

「あ、あのっ、……アルフォンス様」

私は重い沈黙を破るように、声を出した。

すると、アルフォンスは直ぐに視線をこちらに向け、目が合った瞬間、私の胸はドキッと飛び跳ねる。

「怒っているか？」

アルフォンスは私を見るなり、そんな質問をしてきた。

その言葉は私が言うべきものだったのに、反対に気を遣わせてしまったようだ。本当に彼はどこまでお人好しなのだろう。

　こんな態度をとられては気が抜けてしまう。同時に緊張で強張った力も緩んでいく。

「怒っていません。それよりも私、かなり失礼な態度をとっていましたよね。アルフォンス様の気持ちを知りながら、否定するような態度ばかりとってしまって本当にごめんなさい」

「いや、ラウラが謝ることではないよ。実際俺が強引に迫ったことに違いないのだから」

「それはっ……！」

　私が再び言い返そうとすると、彼の指によって封じられた。

　今私の唇には、彼の人差し指が添えられている。

　突然の彼の行動に、私はきょとんとしてしまった。

「それ以上は言わないでくれ。俺はラウラのことを諦める気はないし、それ以上優しい言葉をかけられたら、それに付けこみたくなる」

　アルフォンスはわずかに口端を吊り上げ「俺は悪い男だぞ」と自嘲するように言った。

　その時の彼の表情が酷く切なげに見えて私は口元に置かれている彼の指を引き離す。

「私もずるいことをしたのでおあいこです。気にしないでください」

「ずるいこと？」

　彼は不思議そうに問いかけてくる。

「私、こういうことをされるのは初めてで、どうしたらいいのか分からなくて。で、でもっ、嫌ではありませんっ！　だから、嫌いにならないでください」

私が恥ずかしくて視線を泳がせながら答えていると、わずかに彼の笑い声が聞こえた気がして顔を前に向けた。

「嫌いになるはずがない。だけど、ラウラにならいくらずるいことをされても構わないよ」

再び深い緑色の瞳に囚われる。

今まで優しくしか見えなかったその瞳がやけに鋭く見えて、私はぞくりと体を震わせた。

そうして思わず目を閉じると、唇に何かが触れる。

とても熱くて、柔らかくて、それが何であるのか分かるまでにそう時間はかからなかった。

「……んんっ⁉」

「ラウラの唇は甘いな。ケーキの味がする」

アルフォンスは私の唇を味わうように、角度を変えながら何度も口づけを繰り返していく。

唇の輪郭をなぞるように舌先で舐められ、食むように軽く吸われる。

暫くの間、理解が追いつかず固まっていたが、我に返ると慌てて彼から離れようとした。

「……やっ、……んぅっ」

「俺は一応警告をしたぞ」

ゆっくりと唇が離れていき、再び目が合うと彼は満足そうな顔で私のことを見つめていた。

(今、アルフォンス様に、キスされた……？)

唇はすでに離れているはずなのに、今でも私の口元には彼の熱が残ってる。

その余韻のせいで、私の胸はずっとドキドキしたままだ。

「今のでよく分かっただろう？　本当にずるいのは俺のほうだ。嫌いになったか？」

「……っ」

こんな時にそんな質問をするのはずるいとは思うし、正直にいえば驚いたが嫌だとは思わなかった。

だけど、今本音を伝えてしまえば、再び唇を塞がれてしまうかもしれない。

「ラウラ？」

「アルフォンス様がずるい人だということはよく分かりました」

「それで？」

「……っ、それだけです」

先程から不敵な笑みを浮かべているアルフォンスは、何の言葉を期待しているのだろう。

これ以上、余計なことを言うべきではないと思った私は、そこで話を終わらせる。

結局この日はケーキを食べて、私はこの部屋から退散した。

私のファーストキスは、あっさりとアルフォンスによって奪われしまったのである。

第二章

あれ以来、アルフォンスに呼ばれる回数が何かと増えた気がする。

私の担当は応接間や客間だったのが、今ではアルフォンスの私室の担当にされてしまった。

彼は基本的に日中は執務室で過ごしているため、留守にしている昼食の間に掃除などを済ませることになっている。

（それに加えて、あれから専属のお茶係になってしまったのよね……）

アルフォンスは少し強引なところはあるけれど、普段は優しいので彼と過ごす時間に苦痛を感じたことはない。

ただ、距離が近すぎると緊張してしまう私の癖は、いつまで経っても直らない気がする。

あんなに綺麗な顔の男に迫られたら、誰だって私と同じような反応をするはずだ。

（元婚約者だったフェリクス（あの人）には、一度も心惹かれたことなんてなかったのに）

だけど、アルフォンスの傍にいると急に鼓動が早くなったり、ちょっとしたことでもドキドキしてしまう。

これはただ彼の顔が綺麗だからという理由だけではない。

優しい顔を見せたかと思えば、急に意地悪になり、私のことを翻弄する。

そうやって心を振り回されているはずなのに、彼と過ごす時間はとても楽しくて、休憩時間が待ち遠しく思ってしまう日もある。

もちろん、美味しいお菓子に期待している部分もあるが、彼と話すことも私の楽しみの一部になっていた。

そして、今日もいつも通りアルフォンスの私室で掃除を始める。

この部屋を担当しているのは私一人だけなので、黙々とこなしていく。

私が掃除を始めて数分程した頃、入り口の扉が開きアルフォンスが入ってきた。

まさかアルフォンスが来るとは思っていなかったので、私は慌てて掃除をする手を止め、彼のほうに視線を向ける。

「アルフォンス様、どうされましたか？」

「部屋に忘れ物をしてしまったみたいで取りにきたんだ」

「忘れ物ですか？　ちなみに、何を忘れられたんですか？」

私が辺りをきょろきょろと見渡していると、突然背後から抱きしめられた。

「……っ⁉　な、何をしているんですか！　忘れ物は？」

「忘れ物を取りにきたら、もっといいものが見つかった」

アルフォンスは私の腰にしっかりと腕を巻きつけているため、逃げられない。

（いきなり後ろから抱き着くなんて反則よっ！）

背中から彼の体温をはっきりと感じることができる。

それにつられるように、私の体温と鼓動が上昇していく。

困ったことに、彼は私のことを驚かせるのが本当に得意だ。

（一体、いつまでこうしているつもりなの？　まだ掃除が終わっていないのに……）

バクバクと迫り上がっていく鼓動を必死に抑えながら、私はじっとその場に立っていた。

「少しラウラを補給させてくれ」

「あの、耳元で囁かないでくださいっ」

アルフォンスは私が耳が弱いのを知っていて、よくこういう意地悪をする。

耳元に熱の籠もった吐息がかかると、それだけで体が震えてしまう。

「もうこんなに耳を真っ赤にさせて、本当は悦んでいるんじゃないのか？」

「ち、違いますっ！　それに、私にはまだ掃除が残っているので離してください」

「本当に君は真面目だな。そういうところ嫌いじゃないよ。ラウラはいつになったら俺のものになってくれるんだ？」

「……っ、なりません！　私はただのメイドですっ」

私がきっぱりと答えると腰にあったアルフォンスの腕が一瞬緩んだので、その隙に彼から離れようとするが、今度は手首を握られ引き寄せられてしまう。

「……っ」

視線を上げるとすぐ近くにアルフォンスの端麗な顔があり、一瞬心臓が止まるかと思うくらい私は驚いてしまった。

（……っ⁉）

恥ずかしさを感じて顔を逸らそうとすると、顎を持ち上げられ逃げ場を奪われる。

私は戸惑った瞳を揺らしながら、彼のことを見ていた。

アルフォンスに見つめられるだけで、いつもこうなってしまうから困ったものだ。

「いつも綺麗に掃除をしてくれるラウラに渡したいものがあるんだ」

「え？　何ですか？」

私が不思議そうな顔で問いかけると「掌を出して」と言われたので、彼の前に両手を広げて差し出した。

「次は目を瞑って」

一体何をするつもりなのだろうと思いながらも、私は彼の指示に従い目を閉じた。

それから暫くすると、掌の上に何かの重さを感じる。

「もう開けていいぞ」

「……これは？」

私が目を開けて掌の上に視線を向けると、片手に乗るサイズの小さな小瓶が置かれていた。

（綺麗……。これは何かしら）

よく見ると中には丸い固形物のようなものがいくつも入っている。

それらはさまざまな色をしていて、とても綺麗だった。

「それは飴玉だ。そのサイズならポケットにも入れられるだろう？」

「ありがとうございます」

私は瓶を眺めながら小さく答えた。

「あまり気に入らなかったか？」

「あ、そんなことはありません。ただ……、誰かから何かをもらうのは初めてで、こういう場合は何かお返しをしたほうがよろしいのでしょうか？」

とは言ったものの、彼を満足させる何かを私が用意できるとは到底思えない。

大したお金も持っていないし、公爵位を持つ彼であれば自分で何でも買えてしまうはずだ。

「別に俺は見返りを求めるために、これを渡したわけではないぞ」

アルフォンスは私の手の上にある小瓶を取ると、蓋を開けて中の飴玉を一つ取り出した。

「ラウラ、口を開けて？」

「……っ⁉　じ、自分で食べられますっ」

「いいから」

急かすように言われて仕方なく口を小さく開けると、彼は指に摘んでいた飴玉を私の口の中に放りこんだ。

すると飴玉が溶けて、口いっぱいに甘さが広がる。

「美味しいですっ」

私が顔を綻ばせて答えると、アルフォンスも満足そうに微笑んでいた。

「そうか。やっぱりそれにして正解だったな。ラウラって甘いものを食べている時、すごく幸せそうな顔をしているだろう？　その表情を見て俺はラウラに落ちたからな」

「……っ、何の話をしているのですか？」

私が戸惑いながら問いかけると、アルフォンスは「その幸せそうな笑顔に癒されているってことだ」と答え、さらに私の頬は熱に包まれていく。

「単に俺がその顔を見たいっていう理由もあるけど、その表情で仕事ができたらもっと楽しくなるんじゃないかと思ったんだ」

その言葉に私の胸は高鳴った。

「確かに……。アルフォンス様、ありがとうございますっ、すごく嬉しいですっ」

私は満面の笑みを浮かべ答えた。

初めての贈りものが、こんなにも素敵なものですごく嬉しい。

「気に入ってもらえたみたいで良かったよ。だけどやっぱり、見返りを求めてもいいか？」

「え……？　でも、私にアルフォンス様を満足させられるものが用意できるか……」

困惑した声で私が答えると、アルフォンスは優しい顔で微笑み「あるよ、ここにな」と言って私の顎を持ち上げて、唇を指先でなぞる。

「……っ」

「ラウラ、ここに口づけてもいいか？　その嬉しそうな顔を見ていたら、触れたくなった」

こんな時にそんなことを言うなんて、やっぱり彼はずるい男だ。

そう思う反面、私は期待しているのかもしれない。

唇をなぞられていると、無意識に初めて口づけられた時の感覚を思い出してしまう。

そのせいで胸が高鳴り、期待から唇がわずかに震える。

「こんな誘うような顔をして、俺を煽っているのか？　ラウラは悪い子だな」

その声は優しかったが、彼の顔はいつにも増して意地悪そうに見え、私は何か嫌な予感を察知した。

「違いまっ……っん！」

私が言い返そうとすると、突然唇を塞がれた。

「……っ、はぁっ……」

アルフォンスは角度を変えながら、触れるだけのキスを何度も繰り返していく。

重なった部分から熱が全身に広がり、私の口元からは吐息に交じり甘い声がもれる。

彼の体温を心地良く感じて、私は静かに目を閉じた。

「本当にラウラはどこもかしこも甘そうだ。このまますべて味わい尽くしたくなる」

「……んぅっ、そんなこと、ないっ」

言い返した時に瞼を上げると、薄く開いた彼の瞳と目が合い心臓が飛び跳ねそうになった。

視線を合わせたままキスをするなんて恥ずかしくて堪らないのに、その表情がとても綺麗で見ていたくなる。

「それならば、遠慮なく味見させてもらうな」

「……っ？」

アルフォンスはゆっくりと唇を離すと、私の瞳の奥をじっと見つめていた。

（試すって、何を……？）

私が不思議そうな顔を浮かべていると、再び唇を塞がれた。

今度は啄（ついば）むように何度も唇を吸われて、時折響くちゅっというリップ音に羞恥を煽られる。

「ラウラ、少し口を開けられるか？」

突然そんなことを言われ、私はよく分からないまま薄っすらと唇を開くと、直ぐにざらりとした熱いものが私の咥内に入りこんくる。

「……っんん⁉」

それは無遠慮に口の中で動き回り、初めて知る感覚に私は困惑する。

上顎の裏をなぞられると、ぞわぞわとした刺激に耐えられなくなり、私は離れようと彼の胸を押し返した。

「ラウラ、逃げるな。というより、逃がすつもりはないが」

私は暫（しばら）くキスに夢中になっていたので気付かなかったが、アルフォンスの腕が私の腰にしっかりと巻きつけられている。

頭の奥はなんだかふわふわしていて、意識していないと足元の力が抜けてその場に座りこんでしまいそうだ。

「んぅっ……や、ぁっ……っ」

アルフォンスは私の咥内に残っている飴玉を転がしながら、舌同士を絡めていく。

甘ったるい感覚に脳が溶けてしまいそうな気すらする。

(なに、これ……。キスってこんなにすごいものなの？)

逃げようとする私の舌先を、彼のそれが執拗に追い回す。

捕まれば絡めとられ、深く吸い上げられてしまう。

息をするのも忘れ、私の目元からは生理的に溢れた涙がじわりと滲んだ。

足元の力がさらに抜けていくような感覚に、慌てるようにアルフォンスの服をぎゅっと握りしめた。

「はぁっ……はぁっ……」

ゆっくりと唇が解放され安堵した途端、私はその場にずるずると座りこんでしまった。

「少し激しすぎたか」

「激しすぎ、ですっ……。もう少し考えて、くだっ、さいっ……」

私は息を切らし涙を滲ませた顔で不満そうに呟くと、アルフォンスは私の視線の高さに合わせてしゃがみこみ、顔を覗きこんできた。

「悪い。ラウラが俺を受け入れてくれたことが嬉しくて止まらなくなった。次はもう少し加減するよ」

「……っ！」

まるで、またするとでも言いたげなセリフに思えて、私は一人動揺していた。

言い返そうとすると、突然アルフォンスは私を横向きに抱きかかえた。

「落とされたくなかったら、俺にしっかりと掴まっていることだ」

「……っ」

突然ふわりと体が浮き上がり、その浮遊感に驚いた私は慌てるようにアルフォンスの首に手を回した。

(抱っこされてる……！)

今までこんな経験をしたことがなかったので、私は少しだけ興奮していた。

そしてこんなにも私のことを容易く持ち上げてしまうアルフォンスに、少しときめいてしまう。

(さすが元騎士様。きっと戦場でも頼りになる存在だったに違いないわ。噂では怖いって言われているけど、あれは嘘ね。きっと皆アルフォンス様の本当の姿を知らないのだわ)

最初は私も噂に翻弄されてしまったけど、彼に出会ってから一度も怖いと感じたことはない。

(少し意地悪だとは思うけどっ！　でも、すごく優しい人)

戦場で功績を上げた事実はあるので、その真意は私にはよく分からない。

だけど、彼が悪く言われることには、少し腹が立つ。

暫くするとアルフォンスの足が止まり、ベッドの上に降ろされた。

(足の力が戻るまで、ここで休んでいていいってことなのかしら。だけど、主のベッドに横たわるなんて、さすがにまずい気がするわ)

アルフォンスには悪いが、ソファーに運び直してもらおうと考えた。

「ありがとうございます」

私が起き上がろうとすると、なぜか体を押さえつけられていて動けない。

どうやら今の私は、彼によって組み敷かれている状態のようだ。

「あの、離れてください。これでは起き上がれません」

「ラウラ、このまま俺に抱かれてみる気はないか？」

一瞬きょとんとしてしまうが、アルフォンスの言葉を理解すると私の顔は沸騰するかのように熱くなる。

「だ、だめです！　そんなの……。こういうのって本当に好きな相手とするものですよね？」

「相変わらず素直な反応だ。すごく可愛いよ」

（いきなり、何を言い出すの!?）

私はかなり動揺していた。

しかし、体は彼によってしっかりと固定されているので身動きが一切取れない。

「俺はラウラのことを本当に好きだから何も問題はない。ラウラは俺のことが嫌いか？」

「その質問、なんだかずるいです。私は、アルフォンス様のことは最近知ったばかりなので、まだ分かりません」

息がかかる程の距離に迫られて、恥ずかしさと緊張からうまい言葉が出てこない。

私は曖昧な返事をしているが、追い詰められてしまうと正常な判断ができなくなるので、半分はアルフォンスのせいでもある。

そんな私を見ていたアルフォンスは、優しく笑むと私の額にそっと口づけた。

「知らないのなら、これから知ればいい。お互いを知るために、体を重ねてみるのはどうだ？」

「そんなこと、無理ですっ」

「どうして？　まだ試してもいないのに、無理だと決めつけるのはどうかと思うぞ」

「だって……、恥ずかしいです」

私は顔を火照らせながら、彼から視線を逸らした。

「恥ずかしいだけか？　怖いと感じたら直ぐに止めるから、俺のことを受け入れてほしい」

「ほ、本当に……？」

私は再び視線を戻すと、アルフォンスは「ああ」と優しい声で呟いた。

その声を聞いて、私は小さく首を縦に振る。

「ラウラ、受け入れてくれてありがとう」

「……はい」

私は彼の言葉に、素直に頷いた。

どうして彼のことを受け入れてしまったのか、自分でもよく分からない。

激しいキスを交わしたことで、頭の中が溶かされて私の意思が弱くなったのだろうか。

(そうじゃないわ。さっきキスを受け入れた時点で、私はもう彼に心惹かれていた気がする)

確かに彼は私を口説くために強引に迫ってきて、贈りもので見返りを求めようともしてきた。

だけど、私はそれだけで彼に惹かれたりなんてしない。

きっと、アルフォンスの中にある思いやりという名の優しさに私は惹かれていったのだろう。

彼と一緒に過ごす時間が楽しくて、傍にいると不思議と安心感を持てて、キスをされた時には嫌な気分にもならなかった。

（私、アルフォンス様のことが好きになっちゃったのかな……）

そんなことを考えて困惑していると、アルフォンスが「ラウラ」と名前を呼んだ。

「怖気づいたか？　最初から無理強いをするつもりなんてないから、強がらなくてもいいんだぞ」

「いえ、大丈夫ですっ」

アルフォンスは私の戸惑っている顔を見て、無理をしていると勘違いしたのだろう。

半分は雰囲気に流されたのかもしれないが、彼の言葉を受け入れた気持ちに嘘はない。

「分かった。それならば、この話はおしまいだ」

「はいっ」

アルフォンスはこの話をあっさりと終えた。

「じゃあ、体を起こして服を脱いで」

「はい……」

彼に腕を引っ張ってもらい体を起こすと、私は高鳴る鼓動を抑えメイド服を脱ぎ始めた。

（すべて脱がなければいけないのよね……。すごく恥ずかしい）

後ろ向きな気持ちに引っ張られ私がもたもたしていると、アルフォンスが脱がすのを手伝ってくれた。

人に着替えを手伝ってもらったことなんてなかったので、さらに私は羞恥を感じてしまう。

気付けば私は下着だけの姿にさせられていた。

こんな姿をアルフォンスに見られていると思うだけで、恥ずかしくて堪らない気分になる。

私が胸の辺りを手で覆い隠していると、アルフォンスは私の腕を掴んだ。

「随分、恥ずかしそうにしているな」

「あ、当たり前じゃないですかっ！」

私がむっとした顔で睨みつけると、アルフォンスは「可愛いな」と満足そうに呟いた。

「だけど、これからもっと恥ずかしいことをされるんだ。これくらいで恥ずかしがっていたら、この先、身が持たなくなるぞ」

「うっ、脅さないでくださいっ！　……あっ、待っててっ！」

アルフォンスは私の下着に手を伸ばし脱がせようとしてきたので、慌てて彼の腕を制止させた。

「どうして隠す？　俺にラウラのすべてを見せて」

「で、でもっ……」

私が泣きそうな顔で躊躇していると、アルフォンスは安心させるかのように私の額にそっと口づける。

そして、優しい口調で「怖いことは何もしないから、安心して」と言ってきたので、私は押さえていた手を渋々離した。

「いい子だ」

「……っ」

それから、すべて身ぐるみを剥がされ、私は生まれたままの姿にされていた。

裸を人に晒すことなんて、ましてや異性の前では初めてだったので、どうしたら良いのか分からなくて狼狽えてしまう。

(こんなの無理だわ。恥ずかしすぎるっ……)

今すぐにでも、この場から逃げ出したい衝動に駆られる。

アルフォンスに見られていると思うだけで、ぞくぞくと体が震えてしまいそうだ。

「そんなに身構えなくてもいい。今のラウラは怯えている小動物のようだな。俺は狼ではないぞ」

「狼にしか見えませんっ！」

アルフォンスは私の緊張を解そうと、冗談を言ってくれたのだろう。

だけど反射的に答えてしまうと、彼は可笑しそうにクスクスと笑っていた。

「言い返す気力があるのなら平気そうだな。その白い肌に触れたい。構わないか？」

「……っ、はい。でも、恥ずかしいのであまり見ないでくださいっ」

先程の冗談のおかげで、少しだけ気を抜くことができた。

私がそう答えると、アルフォンスの掌が私の首筋に触れ、肌を撫でるように滑らせていく。

自分で触れている時の感覚とは全く異なり、なんだか擽ったさを感じてしまう。

「痕は見えないところに付けておく」

「痕？」

「俺のものだという証みたいなものだな。体、倒すぞ」

「……っ」

『俺のもの』という言葉に、胸の奥が高鳴る。

私は彼に何を望んでいるのだろう。

そんなことに気を取られていると体を倒され、彼の顔が私の胸元のほうへと降りていく。

これから私はどうされてしまうのだろうと考えながら、視線で彼の姿を追いかけていた。

もちろん、常に羞恥が消えることはなかったが、今はそれよりも好奇心のほうが勝っている気がする。

アルフォンスの形の良い唇が私の胸の膨らみにそっと触れ、時折ちゅっとリップ音を立てながら愛撫していく。

触れられた場所からはぴりぴりとした快感が生まれ、私は小さく唇を震わせた。

「……ぁっ、っ……」

肌をきつく吸われると、今度はチクっとした鋭い刺激と共に、甘い快感が遅れてやってくる。

私は思わず甘い声を出してしまい、自分の声に驚いて慌てて口元を手で塞いだ。

「いい声が出たな。今この部屋には俺とラウラしかいない。誰かに聞かれる心配はないのだから、遠慮することなく好きなだけ喘いでも問題はないぞ？」

「喘ぐって……。そんなの無理ですっ！」

淫猥な言葉を聞かされると急に恥ずかしくなり、私は直ぐに首を横に振った。

（そんな恥ずかしいこと、できるわけがないわっ！）

恨めしそうな顔を彼に向けると、アルフォンスの口端が小さく上がった。

「無理だと言われると、余計に啼かせたくなる。この尖り始めている可愛らしい飾りを弄ったら、ラウラはどんな反応を見せてくれるんだろうな」

「……っ」

挑発的な態度をとられて、私は息を呑む。

彼に意地悪な側面があることは知っているが、こんなにもそれを強く感じたのは初めてだった。

私はもしかして、選択を間違ってしまったのだろうか。

（これからアルフォンス様に私は何をされてしまうの？）

そんなことを思うと、不安と興奮で私の鼓動はさらに大きく体を揺さぶる。

アルフォンスは意地悪そうに笑うと、胸の中心で尖り始めている突起の周りに舌を這わせ舐め始めた。

舌先の滑（ぬら）ついた感触と熱さにぞくりと鳥肌が立ち、仰け反るように体を震わせてしまう。

「っんん……!?」

「声は我慢できているみたいだが、体は素直に反応しているぞ」

「……っ、……っんぅ」

アルフォンスはわざと突起には触れず、焦らすように周りばかりを責めてくる。

そして両胸を掌で包み上げると、揉みしだいていく。

さらに強い快感が体に伝わり、私はじっとしているのが困難になってしまう。

（体の奥が、なんだかむずむずする……、なに、これ……）

彼が胸元を揺らす度に、私の口元からは薄っすらと吐息がもれ、次第にそれが大きくなっていく。

「ラウラの可愛い飾りが、熟れた果実のように膨らんできたな。まるで早く食べてほしそうに待っているようだ」

「ち、がっ、……ぁあっ！」

愛撫をされ続けたことで体からは力が抜け、口元を覆っていた手はいつしか離れていた。

それを見計らったかのようにアルフォンスは私の硬く尖った突起を爪先で弾く。すると大きな快感が体中を駆け上がり、私の口から高い声が出てしまう。

「ラウラはここ弄られると、直ぐに甘い声を出すのか。分かりやすくて助かるよ」

「い、今のは違いますっ！　油断しただけで……」

言葉で煽られ恥ずかしくなり、私はとっさに反論してしまう。

「可愛らしい言い訳だな。だけど、焦らしすぎるのも可哀そうだから、我慢させた分、たっぷりと舐めて悦くしてやる」

「え、……ぁあっ！　……や、ぁっ」

アルフォンスの熱い咥内に膨らんだ突起は呑みこまれ、まるで飴玉でも転がすかのように舌先で絡め取られる。

ざらざらとした舌先で擦られる度に甘い刺激が体中を巡り、私はびくびくと体を跳ねさせてしまう。

「良い反応だ。それならば、こっちは指で弄ってやろうか」

「ぁあっ、だめっ……」

放っておかれていたもう片方の突起を爪先で弾かれると、痺れるようなもどかしい強い刺激に、私は体をうねらせて逃げようとした。

「さっきからラウラはだめとばかり言っているが、こんなに良い反応を見せておいて、俺に嘘をついているのか？　そうだとしたら悪い子だな。ラウラはお仕置きがお望みか？」

「ち、がっ……、アルフォンス様がっ、意地悪なことばかりする、からっ……」

私は顔を歪めて困ったように答えると、直ぐに「冗談だ」という言葉が返ってきて、彼のことを睨みつけた。

（そうだったわ、この人が意地悪だったのを忘れていた……。こんな時まで煽るなんて酷いわっ……！）

そう心の中で文句を言いながら。

「ラウラは舌で舐められるのと、指先で弄られるの、どっちが好きだ？」

「……ぁあっ、分かんなっ、ぁあ！　いやっ、そんなにきつく吸わないでっ！」

突然、きつく吸い上げられて、私は甲高い声を室内に響かせた。

逃げようと体を捩（よじ）らせると「逃がさない」と言われ、しっかりと腰を押さえつけられてしまう。

力の差は歴然なので、私に勝ち目などないことは分かっている。

それでも恥じらいから、抵抗せずにはいられなかった。

「ああ、こっちももう、とろとろじゃないか。一体いつから濡らしていたんだ？」

「やっ、やだ、そんなところ……、触らないでっ！」

太腿の辺りがさっきからぞわぞわとしていると思っていたら、どうやらアルフォンスに触られていたようだ。

私が胸の刺激に気を取られている間に、彼の掌はその中心の付け根まで到達して、熱くなって蜜が溢れ始めているそこを指でなぞるように触れていた。

「ここを触られるのは初めてか？」

「当たり前じゃないですかっ！」

私が恥じらうように答えると、アルフォンスはどこか嬉しそうに微笑んでいた。

「そんなに顔を真っ赤に染めて、本当に君は愛らしいな。感じやすいのは悪いことではないし、ラウラが期待している証拠だろう。それに俺としても、今までの愛撫でこんなにも感じてくれて嬉しい限りだ」

「……っ」

アルフォンスはうっとりとした目を向けてきて、私はとっさに逸してしまう。

鼓動が先程よりもバクバクと速くなっているのを感じる。

（どうして、私ばかり恥ずかしいの？　ずるいわ！）

そんなことを考えていると、彼は上半身を起こし、私の足首を掴むと膝を立たせた。

「な、何をしているんですか？」

困惑しながらその様子を眺めていると、折り曲げた状態で膝を持ち上げられ、胸のほうにくっつくくらいまで押される。そして、今度はそれを割り開くように左右に大きく広げた。

（え……？）

暫（しばら）くの間、何が起こっているのか分からなかったが、中心がなにやらひんやりとしている。

私は視線を下腹のほうに向けると、恥ずかしい部分がアルフォンスの目の前に晒されていた。

「いやっ！」

その光景を目にすると、全身の体温が一気に上昇し、私は慌てて足を元の位置に戻そうと抵抗を始める。

「ラウラ、暴れるな。ここをしっかりと解さなければ、あとで辛くなるのは君だ。最初は恥ずかしいかもしれないが、直ぐに気にならなくなる。だから我慢してくれ」

「……っ」

必死にもがくが、彼にしっかりと膝を抱えられているので状況は変わらないままだ。

こんな羞恥を晒しても、私は彼に懇願するような視線を送ることくらいしかできない。

（我慢なんて無理よ！　こんなに恥ずかしい格好をさせられて。何で私ばっかり……）

アルフォンスに私のすべてを見られてしまった。

私が泣き出しそうな顔を浮かべていると、彼は困ったように眉を寄せ、私の瞼にそっと口づける。

「少しだけ我慢してほしい。ラウラに痛い思いをさせたくないんだ。分かってくれ」

「……っ、分かりました」

彼の顔を見ていたら困らせていることが分かり、受け入れることしかできなかった。

そもそも彼を受け入れたのは私自身だ。今さらここで終わりにして、なんて言えない。

せめて、痛い思いだけはしたくなかったので耐えることにした。

「ラウラ、分かってくれてありがとう。俺を受け入れたことを後悔させないくらい、愛してやる」

アルフォンスは小さく笑い、自信ありげに言った。

その言葉に私の胸は熱くなり、戸惑いから目を逸らしてしまう。

「それじゃあ、触るぞ」

彼の言葉に、私は瞳を揺らしながら小さく頷いた。

ドキドキしながら待っていると秘裂をなぞられている感覚に気付き、私はぴくんと体を震わせた。

それから直ぐにくちゅっと中心から厭らしい水音が響く。

視線を下腹のほうに向けると、彼が私の恥ずかしいところをじっと見つめている。

そのことに羞恥が煽られ、顔の奥がカッと熱くなる。

（そんなところ、じっくり見ないでっ！）

私が一人で困惑している間に、アルフォンスは次の行動に移っていた。

「すごく濡れているな。これなら指一本くらいなら直ぐに入りそうだ」

アルフォンスは満足そうな声で呟くと、秘裂を開いてさらにその奥にある蜜の滴る入口に指を押し当てる。

そして、ぐっと奥まで埋めていく。

「ぁっ……」

指が侵入してくる感覚に気付くと、私の口からか細い声がもれた。

痛みなどはないが、すごく変な感じがする。

「中は狭いが濡れているから簡単に俺の指を飲みこんでいったな。早く中が解れるように、ここを舐めて悦くしてやるな」

アルフォンスは私のほうに視線を向けると、目が合った瞬間「逃げるなよ」と口端を上げながら意地悪そうに呟いた。

その言葉に私はドキッとしてしまう。

そして、蜜壺の中に埋めた指を内壁を擦るようにゆっくりと動かしながら、彼は私の中心に顔を寄せた。

(何をするつもりなの……?)

そう思った瞬間、痺れるような強い刺激が全身を駆け上がる。

「ひぁっ！　ぁあっ、それ、やだっ……っ！」

「ラウラには少し刺激が強すぎるか？　だけど、気持ちがいいだろう？」

今まで感じたことのない感覚に私は混乱していた。

刺激を与えられる度に腰がびくびくと勝手に跳ね上がってしまい、自分で止めることができない。

「ここを舐めていると、中からラウラの甘い蜜が溢れてくる。こうやって舐められるのが好きなのか？　それとも、もっと激しく中を掻き混ぜてほしいか？」

「ぁっ、ぁあっ……、だ、だめっ……!!」

私はがくがくと体を震わせたまま、必死に抵抗するかのように首を横に振っていた。

頭の奥が急に真っ白になり、何も考えることができない。

しかし、中心からは厭らしい淫靡な水音が響き私を現実に引き戻す。すると今度は羞恥に再び追い詰められる。

「本当にだめなのか？　この小さくて愛らしい蕾をこんなにも硬くさせて。俺のために舐めやすくしてくれているのだとしたら嬉しいよ。くく、それならば、もっと舐めて悦くしてやらないとな」

「ぁっ、そんなことっ、してなっ……っっ!!」

私の全身は火照り、目元を潤ませながら必死に首を振って抵抗を続けていたが、蕾を深く吸い上げられると焼けつくような感覚に襲われ、声にならない悲鳴が溢れてしまう。

同時に体の奥が痙攣を起こし、眩暈のような感覚に襲われ脳の奥が揺れる。

彼の動きが止まったあとも、体はその余韻をずっと引きずっている。

「すごい締めつけだな。もしかして、果てたのか？　だけど、まだだ。もっとここを解さなければならない。これはラウラのためでもある、だからもう少し頑張れよ」

「え……？」

私は力の抜けきった体を震わせ、怯えながら彼のほうに視線を向けた。

アルフォンスと目が合う。

「そんなに怯えた顔をするなよ」

「……だって、さっきのは、もういや、こわいっ……」

あのよく分からない強すぎる刺激に、私は恐怖を抱いてしまう。

するとアルフォンスは困った顔を浮かべて、蜜壺に差しこんでいた指を抜き取った。

「嫌なことはしないと約束しただろう。だからそんなに怯えないでくれ」

「ほ、本当に？」

私が問いかけると、彼は柔らかく微笑み「しないよ」と言った。

その表情を見て私は安堵し、体から力を抜いた。

「だけど、このままでは先に進めないからな。もう少しだけ我慢してくれ」

「えっ……」

私が再び恐怖感じていると「大丈夫だ。さっきしたことは、もうしないから」と彼は言って、先程と同じように私の中心に顔を埋めた。

いくらそんな言葉を与えられても、一番恥ずかしい箇所を覗かれると、いたたまれない気持ちでいっぱいになる。

私は先程の彼の言葉を信じ、じっとしていた。

すると、蜜口の周りを何かでなぞられている感覚がして、体をビクッと震わせる。

「……っ、やっ、……んぅっ、何してっ……」

直ぐに這っている正体が何なのか分かった。

熱を持った彼の舌先が、私の蜜を絡めとりながら蠢（うごめ）いている。

ぞわぞわとした甘く痺れるような快楽を与えられ、体をじっとしていることができない。

(何、これっ……)

先程の脳が焼き切れてしまうような強い刺激とは違い、頭の中が溶けてしまいそうな感覚に私は困惑していた。

「甘い声に変わったな」

「ぁっ、これ……、なんか、変なのっ……んぅっ」

「ラウラが気持ち良くなっている証拠だ」

「はぁっ、おかしく、なりそうっ……」

全身を火照らせて、震わせた唇の合間から吐息に交じり甘い嬌声をもらす。

そんな快楽に溺れかけていると、蜜口の周りを動いていたものがゆっくりと私の中に入ってくるのを感じた。

「……っ!?　何を、しているのですかっ？　んぅっ……」

アルフォンスは私の言葉には答えず、蜜壺に押しこんだ舌先を激しく動かし始める。

ぐちゅぐちゅと淫猥な音が部屋中に響き渡り、私は腰を引いて逃げようとする。

「逃がさないと言っただろう」

「やめっ、そんな場所、舐め、ないでっ……ぁあっ」

柔らかい舌先で蜜壺の内壁を撫でるように舐められ、その度に溶けてしまいそうな快感が漣(さざなみ)のように押し寄せてくる。

奥からじわりとした熱いものが溢れてくると、私は戸惑って視線を泳がせた。

「舐めているはずなのに、どんどん蜜が溢れてくるな。ラウラがどれだけ興奮しているのが分かるよ」

「ちがっ、……んぅっ、や、ぁっ……」

私が必死に言葉を紡ぐと、彼は「違わないよ」と答え、さらに激しく貪り始める。

再び頭の奥が揺れて、軽い眩暈のような感覚に襲われるが、先程のような強い刺激に支配されることはなかった。

ただ、体がふわふわと浮遊しているような感覚で、とても気持ち良い。

暫くの間、砂糖菓子のような甘ったるい快楽に溺れていると、彼はゆっくりと離れていった。

「随分と、色っぽい表情に変わったな」

「はぁっ、……はぁっ……」

アルフォンスは顔を上げて、こちらを見ていた。

目元がわずかに潤んでいるせいか、彼の姿が少しぼやけて見える。

その顔は次第にこちらに近づいてきて、私の瞼にそっと口づけると、指先で涙を拭ってくれた。

少し擽ったさを感じたが目元をなぞる彼の指はとても優しくて、アルフォンスの心に触れられたような気がして少しドキドキしまう。

「大丈夫か？」

「はぁっ、大丈夫じゃ、ないっ……」

私は息を切らしながら、眉を寄せる。

その言葉を聞いたアルフォンスは少し苦笑しながら「やりすぎたか。すまなかった」と謝ってきた。

困惑した瞳で彼のことを見つめていると、大きな掌が私の頬に添えられる。

「ラウラ、このまま続けられそうか？　俺は君の言葉に従うよ。無理をさせて嫌われたくはないからな」

「……っ、アルフォンス様は、ここでやめてもいいのですか？」

返事に困った私は、彼に尋ねた。

「正直なことをいえば、俺はこのままラウラのことを抱きたい。今すぐにでもラウラを俺のものにしたいと思っているからね。だけど、焦る必要はないとも思っている。少しずつラウラを知っていくのも楽しみがあるからな」

「……っ」

彼の答えを聞いて、私はますます戸惑ってしまう。

（強引に私をどうにかすることくらいアルフォンス様にとっては簡単なはずなのに、どうしていつも私の気持ちを優先してくれるの？）

彼の傍にいると、今まで知らなかった感情をいくつも与えられた。最初は戸惑うことも多かったが、それに慣れてくると居心地の良さを感じ始める。彼を拒まなかったのは強引な態度をとられたからではなく、私が傍にいたいと強く思ったからだ。

（私、アルフォンス様のことが、好きなんだ……）

それを自覚してしまえば彼を拒む理由なんて見つからないし、もっとアルフォンスに触れられたいという感情が増していく。

「最後まで、してください」

私は瞳を揺らしながら、小さな声で呟いた。

こんな台詞を言ってしまう自分が恥ずかしくて堪らない。

だけど、私の気持ちが彼に伝わってほしい。

そんな思いが私の心の中で大きく渦巻いた。

「本当にいいのか？　この先は、俺も止められる自信がないぞ」

「構いません」

すでにこんなにも恥ずかしい思いをしたのだから、これ以上羞恥を感じることなんてないはずだと私は勝手に思いこんでいた。

それに、ここまで来たら彼と繋がりたい。

自分の気持ちを自覚してしまったから、その気持ちは大きく膨らんでいく。

「分かった。俺も服を脱ぐから、少し楽にして待っていてくれ」

「はい……」

彼が服を脱いでいる間、私は天井を眺めながら呼吸を整えていた。

（私、これからアルフォンス様に抱かれるんだ……。どうしよう、全然落ち着かない。でも、後悔

はしないわ。初めてが、好きな人となんだし。それってすごく幸せなこと、よね)

心の中で一喜一憂していると、ベッドがギシっと軋み、アルフォンスが寝台の上に乗り上げてきた。

当然だが、今の彼は私と同様に何も衣類を身につけてはいない。

服を着ていた時には然程感じなかったが、肌を露わにさせると現れた鍛え上げられた肉体に、さすが元騎士だと感心してしまう。

そして上半身には痛々しく見える古傷がいくつか確認できた。

(酷い傷跡……。やっぱり、騎士様って大変なお仕事なのね)

私が彼の古傷を不安そうに眺めていると、声をかけられた。

「どうした？　俺の体をそんなに見て」

「その傷、もう痛みとかはないのですか？」

彼の体の傷に視線を向けて心配そうに尋ねると、アルフォンスは小さく笑った。

「痛みはもう殆どない。だからラウラがそんなに悲しそうな顔をする必要はないよ」

アルフォンスは優しい表情を見せると、顔をこちらのほうに近付けて、私の額にそっと口づけた。

「心配してくれてありがとう。俺はもう騎士を引退した身だ。今後、危険な場所に赴くこともないだろう」

「本当、ですか？」

私が切ない気持ちで見つめたままでいると、アルフォンスは私の頬を優しく撫で、そのあと小さく微笑んだ。

「ああ。ラウラ、本当にいいんだな。俺に抱かれても」

「……っ、はい」

興奮しているのは私だけではないようだ。

彼の瞳の奥を覗きこむと、欲望を孕んでいるような気がして私は息を吞む。

見つめ合っていると静かに唇が重なり、同時に秘裂の間に硬いものが押し当てられていることに気付く。

それは何度も蜜口の上を往復し、擦られる度に小さな快感が生まれ、私の口からはまた甘ったるい声がもれてくる。

「……っ、ぁっ……、っん」

「これで擦られると気持ちがいいか？　今からこれがラウラの中に入るんだ」

アルフォンスの言葉にドキッとして下腹のほうに視線を向けると、凶器のように反り返ったものがそこにはあった。

よく見ると血管が浮き上がり、何かの生き物のようだ。

「………」

私は言葉を失い、唾をごくりと吞みこんだ。

「あ、あの、アルフォンス様……。私……」

「怖いか？」

彼の言葉に私は小さく頷く。

あんな大きなものが、私の中に入るなんて想像ができなかったからだ。

もしかしたら、壊れてしまうかもしれない。そう思うと少し怖い。

「できる限り優しくする。ラウラは力を抜いて楽にしていてくれ」

私は恐怖を感じながらも、小さく頷いた。

ここまで来たら、逃げることなんてできないし、そんなことはしたくない。

これは私自身が決めたことでもある。

それに私はアルフォンスは絶対に酷いことをしないという変な自信を持っていた。

「ラウラ、俺は本気でラウラのことが好きだ。決して気まぐれでラウラのことを抱こうとしていたわけじゃない。そのことだけは、分かってほしい」

「……っ」

いつも余裕そうに涼しげな顔をしているアルフォンスの頬が、わずかに赤く染まって見えるのは気のせいだろうか。

私はそんなアルフォンスの初めて見る素顔にドキドキしていた。

(アルフォンス様でも、あんな表情を見せるのね)

「それじゃあ、挿れるな」

「はい」

アルフォンスは優しい声で一言そう呟くと、私の蜜口に熱くなった塊を押しつけた。

そして捩じこむように、ゆっくりと中に沈めていく。

「……っ……!?」

狭い入口に強引に押しこまれると、結合部が焼けるように熱くなる。

まるで裂けてしまいそうな激痛を感じて、私は顔を歪めた。

（痛い……！）

「……っ、きついな。ラウラ、平気か？」

「平気じゃ、ないっ……」

想像以上の痛みを感じて、私の目からはぽろぽろと涙が零れ落ちる。

「ごめんな。もう少しだけ我慢してくれ」

「……っ、……！」

一体、この激痛はいつまで続くのだろう。

今まで感じたことのない激しい痛みに、私は不安と恐怖心を抱いてしまう。

今の私は他のことを考える余裕なんてなかった。

そんな時、突然アルフォンスの顔が目の前に迫る。

「ラウラ、このままキスに集中できるか？」

「え？　……んんっ!!」

私が答えるよりも前に、唇を塞がれた。

熱くなったアルフォンスの舌先が咥内に侵入してきたかと思えば、直ぐに舌を絡めとられてしまう。

私は良く分からないまま、縋るように彼の舌に己のそれを絡めていた。

だけど、下腹に感じる痛みが消えたわけではない。

痛いものは痛いし、それは変わらなかった。

唇を塞がれることで酸欠状態に陥り、苦しくて顔を歪ませる。

(苦しい……。これはいつまで続くの？　もう、無理っ……)

そんなことを思い始めた時、ゆっくりと唇を解放された。

「はぁっ……」

その瞬間、私は深く息を吸いこんだ。

「こんなに泣かせてしまって、ごめんな」

アルフォンスは私の目元に溜まった涙を指で拭ってくれた。

次第に鮮明になっていく視界には、申し訳なさそうにしている彼の姿が映し出される。

(終わったの……？)

未だに下腹からは強い痛みを感じるが、彼の動きは止まっているようだ。

だけど、お腹の奥に圧迫するような、何かが埋められている感覚に気付く。

私が不安になっていると「よく頑張ったな」とアルフォンスは優しい声で言う。

その言葉を聞いて、次第に圧迫感が和らいでいく。

(私、今本当にアルフォンス様と繋がっているんだわ……。どうしよう、なんだか嬉しいかも)

そう思うと、胸の奥の高鳴りが止まらなくなる。

「やっと一つに繋がれた。すごく嬉しいよ。ラウラの中は、温かくて気持ちが良いな」

「……っ、恥ずかしいので、そんなこと言わないでっ」

私が火照った顔で答えると、アルフォンスは私のことを包むように優しく抱きしめる。

そして気遣ってくれているのか、落ち着くまでは動かないでいてくれた。

素肌のまま抱きしめられていると、彼の体温が心地良くてなんだかとても安心する。

ずっとこうしていたい、なんて思ってしまう。

「気持ち良い……」

私は心の声をぼそりと呟いてしまう。

アルフォンスはその声を聞き逃さなかった。

「こうやって裸で抱きしめられるのが気持ち良いのか？　いいことを聞いたな」

「……っ！」

私が慌てているとアルフォンスはおかしそうに笑っていた。

自分の言葉に恥ずかしくなり、私はアルフォンスにぎゅっと抱き着いて顔を隠すこととした。

「本当に可愛いことばかりするな。ますますラウラに惹かれてしまいそうだ」

「……っ」

クスクスという笑い声が聞こえてきたが、私は恥ずかしかったので彼の胸に顔を埋めたままでいた。

「ラウラ、痛みは平気そうか？」

「はい、大分治まってきた気がします」

「そうか。それならば、動いても構わないか？　最初はゆっくりするから」

「……はい」

アルフォンスは私が頷いたのを確認すると、ゆっくりと腰を揺らし始めた。

引き抜かれると中が抉られ、痺れるような快感に体が仰け反ってしまいそうになる。

「……ぁっ、……っん」

「今のラウラの表情、色っぽくてすごく綺麗だ。そんなに悩ましげに眉を寄せて、気持ち良さそうだな」

「ぁあっ、分かんなっ……っ、んぅ」

薄く開いた口端からは甘ったるい声が勝手に溢れてくる。

「その顔を見れば、聞くまでもなさそうだな。少し動いただけで中がうねって俺のに絡みついてくる。油断すれば俺のほうが持っていかれそうだ」

「ぁあっ……、や、ぁっ……」

突かれる度に、ぱんと肌がぶつかり合う音が室内に響く。

しかし、今の私にはそんなことを気にする余裕なんてなかった。

甘い快楽の渦に呑みこまれ、溺れてしまった私はその深みへと沈められていく。

アルフォンスは嬌声を上げ続ける私を満足そうに眺めると、突く速度を上げる。

「ぁああっ……！」

「ラウラのいいところを見つけた。ここか」

私は一際甲高い声を響かせていた。

ある一点を突かれると、体の力が抜け痙攣が止まらなくなる。

アルフォンスは口端をわずかに上げ意地悪そうに呟くと、その場所を重点的に責め始めた。

「そこ……、いやっ！　なんか、変なのっ!!」

「変じゃなくて、気持ちがいいの間違いだろう？　嘘をついてもバレているからな」

私は力なく首を横に振った。

ぞくぞくとした激しい刺激が湧き上がってきておかしくなりそうだ。

腰が勝手に何度も跳ね、ふわっと浮かび上がるような感覚に支配され、止めたいのに止まらない。

まるで自分の体ではなくなったような気がして、このままおかしくなっていくのを怖いと思ってしまう。

「ぁあっ、それ、だめっ、ぁあっ！　……っ!!」

「くっ、すごい締めつけだ。堪らないな」

アルフォンスは綺麗な顔をわずかに歪め、そのまま突く速度を激しくしていく。

止めてほしいのに口からもれるのは、荒い呼吸と悲鳴のような嬌声だけ。

私は何度も絶頂を繰り返していた。

「ぁあっ、……もうっ、おねがっ……っ!!」

「こんなにぎゅうぎゅうと締めつけて……。中に精を注いでほしくて、おねだりでもしているつもりか？　本当にラウラは可愛いな。おかげで俺も、もう限界だ」

私の瞳からは大粒の涙が溢れ、視界が曇っているせいかアルフォンスの顔がよく見えない。

頭の中が真っ白になり、もう何も考えられなくなる。

「ラウラ、中に出すからな。すべて、受け止めてくれ。……くっ！」

「……ぁあっ、っっ!!」

私の中に、熱いドクドクとしたものが注がれている。

(熱い……)

薄れゆく意識の中で、何か温かいものが唇に触れているのを感じた。


翌日、私は朝からずっとそわそわしていた。昨日のことを思い出すと顔が勝手に火照ってしまう。

冷静に考えてみると、私はとんでもないことをしてしまったのではないかと思い始めていた。

(私はもう貴族ではないのに……)

そんな人間が、公爵家の主と一緒になんてなれるはずがない。

あの時は感情が昂（たかぶ）っていたこともあり、彼のことを受け入れてしまった。

彼が私のことを好きでいてくれる、その気持ちはきっと本物なんだと思う。

だけど、私は元貴族の人間だからよく分かっている。

殆（ほとん）どの貴族は恋愛結婚ではなく、家同士の繋がりを持つために政略結婚をするのが主流だ。

しかも、アルフォンスは元騎士という名誉な肩書に加え、王族という信じられないくらい高い地位にいる人間だ。

（私なんかが本気で相手にされるわけないじゃない）

もしかしたら、彼は私に再会したことを喜び、その場限りの関係を望んでいたのかもしれない。

むしろ、そう考えた方がしっくりくる。

私はそんなことにも気付かず、彼の優しさに惹かれて、勝手に好きになってしまった。

身分違いな恋をしてしまったのだ。

（私って本当に馬鹿ね。簡単に気付けることなのに……）

私は彼のことが好きなのだと、はっきりと自覚してしまったのだから、簡単にその気持ちを消すなんて絶対に無理な気がする。

（どうしよう……）

いろいろ悩んだ末に出た結論は、この関係を続けていくというものだった。

アルフォンスと過ごす時間は本当に楽しくて、私はこの関係を壊したくはない。

彼が私との将来をどう思っているのかは正直分からないけど、特別な感情を抱いてくれている間だけは夢を見ていたかった。

もし彼に婚約者が見つかった時は、この仕事を辞めて公爵邸からも出ていこうと思っている。

もちろん、その時は縋ったりはしない。

自分の立場を弁（わきま）えているつもりだし、何より彼に迷惑はかけたくないから。

悩んで結論を出せたというのに、私の心は沈んでいた。

(こんな暗い顔をしていたらだめね。アルフォンス様に勘づかれてしまうわ)

彼は妙に勘が鋭いところがある。

それに変な心配をされたくもなかったので、私は鏡で笑顔を作る練習をしてみた。

「………」

鏡の奥に映る私は確かに笑っているのだが、どこか引き攣っているようにも見えて苦笑した。

こんなにぎこちない笑顔を向ければ、きっと彼にどうしたのだと問いただされてしまう。

だけど、こんなにもやもやした気持ちのまま、いつもの笑顔なんて作れる自信がない。

(こんなんじゃ全然ダメだわ。どうしたらいいの……)

その時、私はあることを思い出す。

「あっ、そうだわ」

メイド服のポケットに手を突っこむと、そこには昨日彼からもらった小瓶が入っていた。

私は蓋を開けて中から小さな飴玉を一つ取り出すと、口の中に放りこんだ。

すると、昨日と同じように口いっぱいに甘さが広がっていく。

昨日の出来事を思い出し、気付けば鏡に映る私は幸せそうに微笑んでいる。

その表情を確認すると、私はクスクスと小さく笑い出した。

「まさか、この飴に救われることになるなんてね。よし、今日も頑張ろうっ!」

私は自分の背中を押すように小さく答えると、自室をあとにして仕事へと向かった。

私は普段以上に集中して仕事をこなしていた。夢中になっていれば余計なことを考えずに済むからだ。

「こんなものかしら」

ピカピカになった窓ガラスを見て一人で満足したあと、私は時間を確認するために時計が置かれている場所まで移動した。

「次はお茶の準備ね。え……？　うそっ、もうこんな時間⁉」

時計を見ると疾(と)うにお茶の時間は過ぎている。私は慌てて掃除用具を片づけ、給湯室へと向かい準備を始めた。

完全に遅刻だ。

（いつもはこんなミスしないのに）

だけど、今日は念入りに窓拭きをしていたので、いつも以上に時間がかかってしまったのだろう。

しかもそのことに私は全く気付かなかった。

慌てていたせいか、手に取ろうとしたお皿が私の掌から滑り落ち、ガシャンと鋭い音を立てて床に散らばってしまう。

「もうっ、何やっているの。こんな時に……痛っ！」

私は割れたお皿の破片をつい素手で触ってしまい、欠片で指を切ってしまった。

指からは血が滲み出ていたが、我慢できる痛みだったので、何かに付かないように、とりあえず持っていたハンカチを巻きつけておく。

そして急いで割れたお皿をほうきで片づける。

準備ができると私は急いでアルフォンスがいる執務室へと向かった。


（大分遅れてしまったわ。アルフォンス様、怒っているかしら……）

まさかこんなことになるなんて思ってもいなかった。

私は不安を感じたまま扉の前に立つと、覚悟を決めてトントンといつものようにノックする。

「遅くなってしまい申し訳ありません。お茶をお持ちしました」

「ああ、入って」

中からアルフォンスの声が聞こえたので、ゆっくりと扉を開いた。

「失礼します」

私が深々とお辞儀をしてから顔を上げると、目の前にアルフォンスの姿があり驚いてしまう。

目が合った瞬間、彼に抱きしめられた。

ふわりと彼の香りが鼻を掠め、鼓動が速くなる。

「……っ、アルフォンス様？」

「ラウラに会いたかった」

私は自分の鼓動の音を聞かれたくなくて、アルフォンスの胸を押し返そうとするがびくともしない。

「逃がさない。ずっとこの時間を待っていたんだ」

彼の声が耳元で響き、私は小さく体を震わせた。

「随分と体が火照っているようだが、風邪でも引いたか？」

「だ、大丈夫ですっ……」

アルフォンスは抱きしめている腕を緩めると、私の両頬を包むように触れて、心配そうに顔を覗きこんできた。

体が火照っているのは、アルフォンスが突然抱きしめてきたからだ。

しかも今まで折角忘れていたのに、彼の匂いを感じた途端、昨日のでき事を思い出してしまった。

（そんなに見つめないでっ……）

私の思いは届かず、彼は突然私の額に自分の額をくっつけてきた。

そうなると当然彼との距離も近くなるわけで。

（こんなの動揺しないほうがおかしいわ）

顔を紅潮させ固まっていると、彼の口端がわずかに上がる。

「まるで湯浴みのあとのように火照っているな。心配だからいろいろ確認しておこうか」

「……っ、何をするつもりですかっ？」

彼は額を離すと意地悪そうな笑みを纏いながら、再び私に顔を近づけてきた。

そして「確認だ」と言って、額や瞼、頬などに順番にキスを落とし、最後に唇に触れるだけの優しい口づけをする。

「……っん」

唇が離れると再びアルフォンスと視線が絡む。

（これだけ……？）

一瞬重なっただけの口づけに物足りなさを感じて、私は無意識にそれを表情に出してしまう。

「どうした？」

「なっ、なんでもありません！」

アルフォンスの声に気付き我に返ると、自分の浅ましさに恥ずかしくなった。

（私は今、何を考えていたの……？）

先程の私は、懇願するような瞳を彼に向けていただろう。

無意識とはいえ、早速二つ目の失態を起こしてしまい『しっかりしないと』と心の中で自分に言い聞かせた。

「お茶の準備をしますね。今日は遅れてしまい、申し訳ありませんでした」

「遅れたことは謝らなくていい。ラウラがいつも丁寧に掃除をしてくれていることは知っているからな。それよりも、その指はどうした？」

「え？　あ、申し訳ありません。急いでいて外すのを忘れていました。慌てていたら大切なお皿を割ってしまって、本当に申し訳ありません。直ぐには無理ですが、必ず弁償しますので……」

私の話を聞くと、アルフォンスは直ぐに私の手に触れて指に巻いてあるハンカチをするすると外していった。

「そんなことは気にしなくていい、大したものではない。そんなことよりも、ラウラの傷のほうが心配だ。結構深く切れているな。痛いのを我慢して仕事を続けていたのか？」

「大丈夫です、これくらい。軽く切ってしまっただけですし」

私が苦笑しながら答えると、アルフォンスは呆れたようにため息をもらした。

「陶器で切ったのなら傷が深い可能性もあるし、菌が入り悪化するかもしれない。とりあえず応急処置くらいはしておいたほうがいいな。ラウラ、こっちに来て」

「……はい」

アルフォンスに手を引かれ、執務机のほうへと移動した。

そして椅子の上に座らせられる。

アルフォンスは横にある棚の奥から小さな箱を取り出し、迷うことなく緑色の瓶を手に持ち蓋を開けた。

「ラウラ、少し沁みるかもしれないが我慢してくれ」

「はい……っ！」

私がビクッと体を震わせて顔を顰めると、彼は小さく笑った。

「沁みるか？」

「少し……」

続いて箱の中から包帯を取り出すと、慣れた手つきで処置してくれた。

彼がこんなにも手際が良いのは、戦場でこういった処置を自ら行っていたからなのだろうか。

(アルフォンス様は、本当に何でもできる人ね……)

アルフォンスの優秀さを知る度に、私は彼との距離を感じてしまう。

「これでとりあえずは安心だな。もし傷が悪化するようなことがあれば、直ぐに俺に言うか、ビアンカに伝えて手当てしてもらえ。ラウラは無理をする癖があるようだからな。我慢強いことはいいことだが、俺としては心配だ」

「アルフォンス様は、心配性ですね」

彼に気遣ってもらえることは嬉しかったが、同時に気恥ずかしくて、つい茶化すような言葉を口にしてしまう。

「当然だ。俺は何よりもラウラのことを大切に思っているからな。宝物が傷つけられたら、誰だって悲しい気持ちになるだろう？」

「宝物って……」

急に変なことを言われて、顔が火照ってしまう。

「ラウラは俺にとっては宝物だよ」

彼は自嘲するように笑うと再び横の棚のほうに移動し、何かを手に取ると私の前に立った。

その手には赤い一輪の薔薇があった。

「これから毎日、この薔薇をラウラに贈ろうと思っているのだが、受け取ってくれるか？」

「え……？」

彼は包装された薔薇を私の前に差し出す。

（どうして、一輪なのかしら……）

少し疑問に感じながらも私はその薔薇を受け取ると、その香りをすうっと吸いこんだ。

上品な花の香りに、自然と表情が綻んでいく。

「どうして一輪なのか気になるか？」

「はい……」

「花には特別な意味が込められているそうだ。花言葉と俗に言うらしい。赤い薔薇には本数によっても意味があるそうで、一本の赤い薔薇の花言葉は一目惚れ。まさに俺達にぴったりだとは思わないか？」

「……っ」

彼はどこか楽しそうに話していたが、私は今の話で胸の奥が熱くなり、直ぐに言葉を発することができなくなっていた。

「千本まであるそうだから、毎日贈り続けても約三年はかかる計算になるな。だけど、その度にラウラの反応を見る楽しみができるのだから、なかなか面白そうだ」

昨日は飴玉をもらったばかりなのに、今日も新たな贈りものを受け取ってしまった。

彼はさらに私のことを喜ばそうといろいろと考えてくれたのだろう。

高価な品物を贈られるよりも何倍も嬉しくて、感動してしまう。

そこには彼の思いが込められているのだから。

「アルフォンス様、ありがとうございます。私、すごく嬉しいです！」

私の声は興奮から少し高くなっていた。

その言葉を聞いて、彼も満足そうに微笑んでいる。

「気に入ってもらえて良かった。昨日飴玉を贈った時、ラウラが予想以上に喜んでくれたからな。幸せそうに微笑んでいる姿をもっと見たくなった。それはそうと、他に何か欲しいものはないか？」

私が幸福感に浸っていると、突然そんなことを尋ねられて、私は首を横に振りながら「ありません」と答えた。

飴玉や薔薇の花だけで、十分すぎる程に幸せを感じることができた。

これ以上望むものなんて、他に思い浮かばない。

私の返答を聞いていたアルフォンスは、不意にこちらへ手を伸ばしてきて、頬を両手で包むように触れてきた。

「本当に何もないのか？　さっき、この瞳は物欲しそうにしていたよな。あんな触れただけのキスで、満足できなかったのではないか？」

「……っ、それはっ……」

アルフォンスに心を読まれていたことに気付くと、私は動揺し始めた。

「そんなに頬を赤らめて、バレバレだ。ラウラは気付いていないかもしれないが、直ぐに顔に出るから、俺に嘘をつこうとしても無駄だぞ」

「……っ……」

「ラウラ、口を開けて」

「え？　……っん！」

私の唖内に熱いアルフォンスの舌が入りこんでくると、貪るように激しく蹂躙される。

アルフォンスの言葉を聞いて薄く口を開いた瞬間、熱い彼の唇によって塞がれた。

あまりの息苦しさから私はぎゅっと目を瞑った。

「ラウラの唇は甘いな。俺まで溶かされそうだ」

「はぁ……、んっ」

あまりに熱の籠もった口づけに翻弄され、私の体からは力が抜け落ちていってしまう。

意識していないと倒れてしまいそうになり、彼の服をぎゅっと握り必死に耐えていた。

直ぐにアルフォンスはそのことに気付いてくれたのか、唇をゆっくりと離していく。

「立っているのが辛そうだな。それならば……」

彼はそう言うと、私の腰を持ち上げて執務机の上に座らせた。

「座っていれば倒れる心配もないな」

「でも、ここはっ……っ、ん」

私が答える前に強引に唇を塞がれ、再び息ができなくなる程の激しいキスが再開する。

暫く口づけを受けていると、足元に妙な感覚を覚えた。

気になり薄っすらと瞳を開いて下のほうに視線を向けると、着ているワンピースの裾がたくし上げられている。

そして、アルフォンスの掌が私の太腿を撫でるように触れていた。

「……っ、アルフォンス様っ、……何をっ！」

私が慌てるように唇を離すと、アルフォンスはにやりと不敵な笑みを浮かべた。

「ラウラは一体いつから濡らしていたんだ？　下着が濡れて染みになっているな」

アルフォンスは下着越しに、私の恥ずかしいところを指先でなぞってきた。

カッと顔の奥が火照るのと同時に、とろっとした熱い蜜が私の奥から溢れ出ていく感覚に気付く。

抑えようと焦れば焦るほど、羞恥を煽られ中からは蜜を滴らせてしまう。

(お願い、これ以上触らないでっ！)

私は心の中でそう必死に願ったが、彼の性格を考えれば決して逃してもらえないことなど分かりきっていた。

「……っ、ち、違いますっ」

私はとっさに否定し、たくし上げられていたワンピースを元に戻そうとする。

するとアルフォンスはその手を止めさせた。

「本当に君はいちいち可愛らしい行動ばかりするな。もうバレているのに、今さら隠そうとするなんて」

アルフォンスは私の耳元に唇を寄せると「嘘をつくということは、お仕置きをされたいのか？」と低く艶やかな声で囁いた。

耳元に彼の吐息がかかるだけで、私はびくっと体を跳ねさせてしまう。

「ち、がっ……」

「さて、どうしようか」

私は動揺から目を逸らし視線を泳がせてしまった。

そのことで彼に勘づかれてしまったのだろう。

目を合わせているわけではないが、彼の鋭い視線が向けられていることには気付いており、私はいたたまれず口を開いた。

「すべて、アルフォンス様のせいです！　いきなり抱きついてこられたら意識してしまいます！」

私は恨めしそうな顔で言い返した。

「ラウラは俺に触られるだけで感じてくれるのか」

彼の言葉を聞いてハッと我に返ったが、すでに遅かった。

「……っ」

アルフォンスはわずかに口元を上げ、愉悦した表情を浮かべている。

(この意地悪そうな顔、すごく嫌な予感がする)

私は慌てて周囲を見渡し、逃げ道がないか確認する。

しかし、今の私は机の上に座らされており、目の前に立ちはだかるアルフォンスを押しのけない限り不可能だ。

その時点で、私が逃げられないことは確定している。

「ラウラは俺に抱きしめられただけで、こんなに濡れるくらい厭らしいことを想像していたのか？だとしたら、やはりお仕置きが必要だな」

「……っ、お仕置き？」

私が怯えた顔で聞き返すと、アルフォンスは再びスカートをたくし上げ、私の下着に手をかけそのまま脱がしてしまう。

怯んでいたこともあり、私は抵抗することすら忘れていた。

「か、返してくださいっ！」

「今日はこれなしで過ごしてもらおうか」

彼の言葉に、私は耳を疑った。

「まだ仕事は残っているよな？　あまり余計なことばかり考えていると、ラウラのここから溢れたものが足まで垂れて誰かに見つかるかもしれない」

「……っ!!　お願いです、返してくださいっ！　困ります……、そんなのっ」

私は必死で下着を取り返そうと手を伸ばすが、彼は返してくれる気がなさそうだ。

（こんな格好で仕事をするなんて、恥ずかしくて無理よっ！）

「どうして取り返そうとするんだ？　ラウラはまた仕事中に厭らしいことでも想像するつもりか？」

「そんなこと、しませんっ……!!」

私が弱弱しい言葉で答えると、ふわっと体が揺れて視界には天井が広がっていた。

慌てて体を起こそうとするも、彼に膝を抱えるように持ち上げられ足を割り開かれて、恥ずかしい部分を再び晒すことになってしまう。

「このままというのはさすがに可哀そうだから、溢れている蜜は俺が舐めて綺麗にしてあげよう。ラウラはここを舐められると。気持ち良さそうにしていたよな」

「ぁっ、待ってくださいっ！　こんなところでっ、いやっ……」

「こんなところ、か。確かに誰か来る可能性はないとは言えないな。ラウラが足を開いて、厭らしい部分を晒して。俺に舐められて感じているところを誰かに見られたら恥ずかしいよな」

「ぁあっ、そんなのっ、い、やっ……」

彼はわざと音を立てながら、私の蜜を丁寧に舐めとっていく。

煽るような言葉に、顔の奥がカッと熱くなり、私は首を何度も横に振って嫌だと訴えた。

「冗談だ。この時間、この部屋には誰も来ない。ラウラと過ごす時間を邪魔されたくなくて、近づかないようにと周りの者には伝えてある。だけど、ラウラがあまり大きな声で啼いていたら、通りかかった人間に気付かれるかもしれないが」

「……っ」

意地悪な態度をとられたと思えば、急に優しい声に変わって私は困惑する。

慌てて口元を両手で塞ぐと、恨めしそうにアルフォンスを睨む。

これが今できる私の最低限の抵抗だった。

蜜口の周りを執拗に舐められていると、昨日の感覚が蘇り体の奥がじんじんと熱くなっていくのを感じる。

私の目からは生理的な涙が流れ、体はガクガクと震えていた。

(こんなところで、こんなことをされて、嫌なはずなのに……。気持ち良くて、どうにかなってしまいそう)

脳が溶けてしまいそうな甘い快楽を与えられ、もう抵抗することすらどうでもよく思えてくる。

「舐めているはずなのに、奥からどんどん蜜が溢れてくる。ラウラはこういう状況に興奮するのか？　厭らしいラウラも、俺は好きだよ」

「は、ぁっ……んぅっ！」

彼に『好き』と言われたことに高揚して、私はそのまま果ててしまった。

私が果てたのを確認すると、アルフォンスはあっさりと離れていった。

「あまりいじめるのも可哀そうだから、この辺にしておくよ」

「はぁっ……、アルフォンス様は、意地悪ですっ」

私が不満そうな顔でぼそりと呟くと、アルフォンスは愉しそうに笑っていた。

「ああ、俺は意地悪だ。だから、この下着はまだ返さない。今日はそのまま仕事を頑張ってくれ」

「……っ!!」

彼はさらりと答えると、私の体を起こしてくれて、まるで何事もなかったかのようにたくし上げられていたワンピースの裾を元に戻した。

「そういえば、お茶がまだだったな。ラウラが飲みやすい温度にまで下がったんじゃないか？」

「……お湯、冷めてしまいましたね」

私が困った顔で答えるとアルフォンスは「何も問題ない」と優しく答えた。

(私が飲みやすい温度に下がるまで、待っていてくれたの？)

そうも思えるが、腑に落ちない気持ちでいっぱいだ。しかし、待たせてしまうのも悪いと思い、私は急いでお茶の準備を始める。

その間も足元がスースーして気になって仕方がなかったが、なるべく考えないことにした。

アルフォンスは日に日に意地悪になっているような気がする。

本当にずるい人だと思うが、私はそんなところも含めて彼のことが好きなのだろう。


今日の業務が漸く終わり、自分の部屋に戻る前に、アルフォンスの私室へと急いで向かうことにした。

いつものように、トントンと扉をノックし「メイドのラウラです」と告げる。

暫くして扉が開き、中から現れたアルフォンスの姿が視界に入ると、突然腕を強引に掴まれ室内に引きこまれた。

なんとなくだが、今の彼は少し苛立っているような様子に見えて私は動揺してしまう。

部屋の扉が閉まるのと同時に、アルフォンスは私の腰を引き寄せ、顎をクイッと上に持ち上げた。

突然の状況に私が動揺していると、熱っぽい深い緑色の瞳に囚われる。

（な、に……？）

気付いた時にはすでに唇を塞がれていた。

「んんっ！」

アルフォンスは息を荒くしながら、私の唇を貪るかのように激しく奪っていく。

熱くなった彼の舌先が咥内に侵入してくると、執拗に嬲られ、逃げようとしてもどこまでも追い回され最後は絡めとられてしまう。

息苦しさから私は顔を歪め、目の奥からはじわりと生理的な涙が滲む。

まるで息をすることさえ許さないと感じさせる程、激しくて強引なキスだった。

漸く解放されると私の足からは力が抜けて、ずるずると崩れ落ちるようにその場にぺたんと座りこんでしまった。

「はぁっ……、はぁっ……」

私は解放されると肺いっぱいに空気を吸いこみ、肩を揺らしながら荒い呼吸を整えていた。

「ラウラ、すまない。強引にしすぎた。抱き上げるから、ちゃんと俺の首に掴まっていてくれ」

アルフォンスは申し訳なさそうな声をもらすと、そのまま私を抱き上げてベッドのほうへと運んでくれた。

私が中心でちょこんと座っていると、アルフォンスはベッドの端に腰を下ろした。

「怒っていますか？」

「いや、怒っているというよりは、完全に俺の嫉妬だ」

私が恐る恐る問いかけると、アルフォンスは自嘲するように答えた。

「もしかして、勘違いさせてしまったか？　悪い。ラウラに怒っているわけではないんだ。自分がしたことに、後悔をしただけだよ」

「後悔、ですか？」

私が分からないという顔をしていると、アルフォンスは苦笑した。

「気付いていたか？　ラウラがそわそわと恥ずかしそうな顔を見せる度に、若い執事がラウラの姿を見て頬をわずかに染めていたことに」

「まさか、そんなことっ……。気のせいじゃないですか？」

そんな姿を他の誰かに見られていたと思うと、恥ずかしくて顔の奥が熱くなった。

慌てて私が返答すると、アルフォンスは目を細めた。

「気のせいじゃない。ラウラは魅力的な女性だ。男達が惹かれるのも分かるが、俺以外の人間に君の可愛いらしい姿を見られるのは面白くない」

アルフォンスは不機嫌そうな顔で、文句を言っている。

こんな彼を見るのは初めてで、私は少し驚いていた。

嫉妬のようにも取れる発言に少し気恥ずかしさを感じてしまうが、彼に思ってもらえているということは素直に嬉しいものだ。

「私は見た目だって平凡ですし、妹のように可憐でもないです」

「それを謙遜だと言っている。この俺を惚れさせたのだから、もっと自信を持っても良いんじゃないか？」

彼は優しい声で続ける。

「その愛らしい瞳も、可愛らしい小さな唇も。それに困った時に見せる眉の形も俺にはすべて魅力的に見えるよ。俺はそんなラウラのすべてを独占したいと思っている」

「……っ、それは言いすぎです！」

彼の大袈裟な発言に恥ずかしくなり、私は反射的に言い返していた。

「俺の気持ちを否定する気か？」

「それはっ……」

私が言葉に詰まると、彼は小さく笑いこう言った。

「昨日ラウラを抱いたが、今の俺はそれだけでは満足できそうにない。もっとラウラと親しい関係になりたい。俺に抱かれて、嫌だったか？」

「……嫌では、なかったです…」

昨日の光景が思わず脳裏に浮かび、私が小さく答えると、アルフォンスはほっとした表情を見せた。

アルフォンスの言う、もっと親しい関係というのは何を指しているのだろう。

もしかして、愛人として契約してほしいとでも言うつもりなのだろうか。

私は彼の愛人になどなりたいとは思っていない。

いつか彼に大切な人ができて、私から心が離れていってしまったとしたら、その時は潔く去るつもりだ。

偽りの愛に縋るなんて惨めな真似はしたくないし、彼が愛した女性に嫉妬心を向けて醜い姿を晒したくもない。

私は妹がしていることをずっと傍で見ていたから、あの子のようにはなりたくないという思いが人よりも強いのだろう。

「そうか。その言葉を聞けて少し安心した。先日は半ば強引にラウラを言いくるめて抱いてしまったからな。これでも結構気にしていたんだ」

「あれは、私が決めたことでもあるので気にしないでください」

私は彼に抱かれたことを後悔なんてしていない。

初めての口づけも、抱きしめられることも、恥ずかしかったけどすべてを見られてしまったことも、相手がアルフォンスで良かったと思っているくらいだ。

私が穏やかな声で答えると、彼はほっとしたように深く息を吐いた。

「それならば遠慮はしなくてもいいって受け取るが、構わないか？」

「はい……」

何か少し嫌な予感がしたが、私は小さく頷いた。

「ラウラ、そこで四つん這いになって」

「……っ⁉」

突然そんなことを指示されて私が動揺していると「早く」と急かされて、おずおずと言われた通りに四つん這いになった。

(アルフォンス様は、何をするつもりなの……？)

私が不安になりながら待っていると、アルフォンスはメイド服のワンピースを捲り上げた。

肌が空気に触れると濡れている場所がひんやりとして、体がぞくりと震える。

「ラウラ、これはどういうことだ？」

「……ぁっ、私っ、我慢しました」

アルフォンスは私の尻肉を左右に割り開くと、中をじっくりと観察するように覗き始めた。

こんな場所を見られて、恥ずかしくないわけがない。

しかし、見られていると思うと興奮してしまい、奥からとろっとした愛液が溢れていく感覚に気付き、ぎゅっと目を強く閉じた。

(そんなに中を覗かないでっ！　こんなの恥ずかしくて耐えられないっ……)

「これで我慢していたのか。今も厭らしい蜜を太腿にまで垂らして」

「ぁあっ……やっ……」

疼いている蜜壺の中に指を押しこまれる。

その感覚に私が腰を震わせていると、中に埋まった複数の指が角度を変えながら蠢き始めた。

それらが動く度に私の中心からは、ぐちゅぐちゅと淫靡な音が大きく鳴る。

聴覚でも羞恥を与えられているのに、私の体は悦ぶかのように彼の指をぎゅうぎゅうと締めつけてしまう。

「まるで誘うかのように俺の指を呑みこんでいったな」

「ぁあ、奥に……」

私は奥に溜まっている熱を早く解放してもらいたくて、つい口走ってしまう。

すると彼は、私の蜜壺に埋めていた指をあっさりと抜き取った。

（え……？　なん、で？）

漸く燻っていた奥を刺激してもらえると思っていたのに、途中で止められてしまい強い疼きだけが残された。

「さっきから足をもじもじさせて、ラウラは何を欲しがっているんだ？」

「……っ、お願いっ……今は意地悪しないでっ……、苦しいの」

私は仕事をしている間も、ずっとこの疼きを感じていた。

アルフォンスが昼間、変に刺激してきたせいで、それが強まってしまったのだろう。

それなのに、ここに来てまた焦らされるなんて耐えられるはずがない。

私は後ろを振り向き、切ない声で彼に懇願する。

「本当にラウラの体は淫乱だな。こんな姿、絶対に俺以外の人間に見せることは許さないからな。ラウラは俺だけのものだ。誰にも渡さない……」

「……っ、ぁあああっ……!!」

熱い塊が入口に押し当てられたと思った瞬間、一気に最奥まで貫かれた。

頭の奥まで痺れるような刺激が走ると、私は悲鳴のような嬌声を上げてそのまま果ててしまう。

「挿れただけでラウラは果てるのか。本当に君は、いつでも俺を愉しませてくれるな」

彼の愉しげな声が背後から響いてくるが、今の私に返事をする余裕なんてない。

継続的に与えられる強い快楽により、息をするのがやっとだ。

(最初から激しすぎっ！)

「俺も今日はずっとラウラのことばかり考えていたよ。君を抱いてからもっと愛おしくなった」

彼は興奮したように答えると、さらに腰を激しく打ちつけ始めた。

「ぁああっ!!」

私の口から出てくるのは甲高い嬌声だけだ。

昨日の感覚を思い出しているとさらに感度が高まり、体が悦び反応してしまう。

(だめ、これ以上されたら壊れてしまうっ！)

弱弱しく首を横に振っていると、不意に背中に温もりを感じた。

彼が背後から体をぴったりと重ねるようにくっつくと、不意に耳元に吐息がかかりぞくりとする。

「そんなに締めつけて。随分焦らしてしまったからな。たっぷりとご褒美をあげるから、簡単に音を上げるなよ」

耳元で吐息交じりの声で囁かれると、私はさらに膣壁を締め上げる。

するとそれに気付いたのか、アルフォンスは私の耳の淵に舌を這わせ、ねっとりと舐め始めた。

「ぁあっ……！　だ、だめっ、これ以上っ、いろいろ、しないでっ……っ!!」

私は強すぎる刺激から逃れようと腰を前に移動するが、直ぐに彼によって引き戻される。

「どうして、逃げようとしているんだ？　ラウラはこうやって奥を激しく突いてほしかったのではないのか？」

「ちがっ、ぁああっ……」

彼は抽挿の速度を一切緩めないので、口を開く度に嬌声ばかり溢れて会話ができない。

内壁を激しく何度も抉られていると、中心からの痙攣が止まらず私の腰はずっとびくびくと震えたままだ。

「美味そうに俺のものを咥えこんで、媚びるよう締めつけて。本当は悦んでいるくせに。後ろから突かれると、この前よりも奥に当たって気持ち良いのだろう？」

「深いの、怖いっ……ぁあっ、いやっ……おかしくなるっ……」

この前よりも奥深くまで届き、このままアルフォンスに壊されてしまうのではないかと思うと怖くなってしまう。

私がその言葉を発したあとに、彼の動きが緩やかな動きへと変わった。

先程の眩暈がするような強い刺激とは違い、体中を溶かしていくような甘ったるい快楽に呑みこまれ、私は熱い吐息を交じらせた艶やかな声で啼く。

「はぁっ、ぁあっ……っん」

「随分と気持ち良さそうな声に変わったな。ラウラは時間をかけて愛されるのがお好みか？」

時間をかけるということは、それだけアルフォンスの傍にいられるということだ。

彼の言葉に期待してしまったのか、私は中に埋まっている熱杭をきゅっと締めつけた。

「本当に、ラウラは分かりやすい反応ばかりするんだな。俺としては助かるが」

「はぁっ、……アルフォンス、さまっ……」

「どうした？」

「かおっ、を、みたい、ですっ……」

急に彼の表情が見たくなり、私はそんなことを口走ってしまう。

すると彼の動きが止まり、埋まっていたものをずるりと引き抜かれる。

「ラウラ、おいで」

優しい声が後ろから聞こえてきたので、私は怠く感じる体を起こし振り返った。

アルフォンスの顔を見た瞬間、先に羞恥を感じて戸惑ってしまう。

彼が伸ばしてくれた手に触れると、グイっと体を引っ張られ気付くと大きな腕の中に包まれていた。

私は彼の腕の中からゆっくりと顔を上げる。

「キスが欲しくなったのか？」

「……っ、だめ、ですか？」

私が恥じらうように答えると「だめじゃない」と言われてちゅっと音を立て、食むように口づけられた。

それから角度を変えながら何度も触れるだけのキスを繰り返していく。

じれったく感じたけど、心の中は満たされていた。

どうやら私はアルフォンスとのキスが好きらしい。

「満足したか？」

「私は満足しましたが、アルフォンス様は、その……、まだですよね？」

「そうだな。だけど俺のことを気遣う余裕がラウラにはまだ残っているのか？　あんなに意地悪なことをされたのに」

「……っ、それはそうですが。でも、私だけが気持ち良いのは、なんだか嫌です。アルフォンス様にも、私で気持ち良くなってもらいたいって思うのは、だめですか？」

私は本心を伝えたが、あとになって自分で言った台詞に照れてしまう。

いつも自分ばかり与えてもらう立場でいるのが嫌だった。

この気持ちを自覚してからは、私も彼に何かを与えたいと思うことが増えた気がする。

思い上がりかもしれないけど、今ならそれができるような気がした。

「そんな風に言われたら、もっとラウラのことを求めたくなる。最後くらいは優しくしてやろうと思ったが、もっと俺の手で乱れさせて激しく抱きたくなる」

「私、激しくても大丈夫です」

私がそう答えると、彼の瞳の奥が一瞬深くなったような気がしてドキッとする。

高鳴る鼓動を感じながら待っていると、アルフォンスはゆっくりと私の体を倒した。

彼の欲望を孕んだ瞳を見つめていると、再び足を大きく開かされてしまう。

「ラウラ、自分の膝をしっかりと抱えているんだぞ」

「……っ、はい」

私は折り曲げられた膝が崩れないように、自分の足を手で押さえた。

こんな淫靡な格好をしている自分が恥ずかしくて堪らなかったが、私が言い出したことなので今さら撤回などできない。

それにアルフォンスに望んでもらえるのであれば、少しくらい恥ずかしいのだって我慢できるはずだと自分に言い聞かせた。

「……ぁああっ!!」

空気に晒されている蜜口に熱い熱杭が押し当てられる。

私がごくりと息を呑んだ瞬間、一気に最奥を突かれて、私の口からは悲鳴が上がった。

「くっ、相変わらず期待を裏切らないよな。また挿れただけで果てたのか。俺が果てるまで気を失うなよ。ラウラも好きなだけ果てていいぞ」

大きく体を揺さぶられて、全身が燃え上がるように熱くなった。

脳の奥が揺れて、強い眩暈に頭がくらくらする。

私は足を支える手に力を入れて、必死に意識を保とうとしていた。

気を抜けば、直ぐに意識を奪われてしまうだろう。

「ぁあっ……ある、ふぉんすっ、さ、まっ……」

涙でぐちゃぐちゃになった顔で彼の名前を呼ぶと、私の中で蠢(うごめ)いているものの質量が大きくなったのを感じた。

腹の奥が苦しくなり、さらに中をきつく締めつけてしまう。

「くっ、本当にラウラは煽るのが上手いな。こんなに俺を溺れさせたのだから、責任は取ってもらうぞ。一生ラウラは俺のものだ」

視界は涙で曇り何も見ることができないが、彼の苦しげな声だけははっきりと聴くことができた。

彼の欲望に満ちた熱杭で何度も膣の奥を抉られ、子宮の奥を激しく押し上げられる。

私はそれを離さないとでもいうようにきつく締めつけ、深い絶頂へと駆け上がっていく。

「ぁあっ……、もう、だめっ……っっ!!」

「ああ、俺も限界だ。一番奥に、子宮の中に出してやるから、俺の子を孕んでくれ……!」

アルフォンスは私の奥に熱い欲望を吐き出した。

「ラウラ、愛している。本当の意味で早く俺だけのものになってくれ」

「……んっ」

アルフォンスは感情を込めるように呟くと、私の唇に優しく口づけた。

初めてアルフォンスに『愛している』と言われて、胸の鼓動が速くなるのを感じる。

どうして彼はそんなことを言ったのだろう。

そんな風に言われたら、私は勘違いしてしまいそうだ。

「それって、どういう意味ですか？」

私は聞かずにはいられなかった。気付けば自然とそんなことを問いかけてしまう。

「俺の妻になってほしい」

彼は考える間もなく、当然のことのようにさらりと答えた。

「アルフォンス様、今なんて仰いましたか？」

私は彼の言葉を空耳だと思い、もう一度聞き返す。

「ラウラ、俺と結婚してほしい」

「…………」

アルフォンスは優しい声で再びそう答える。

空耳だと思った言葉は聞き間違えなんかではなかったが、私は信じられなくて直ぐには何も答えられなかった。

（私が、アルフォンス様と結婚……？）

もしかして、これは夢なのだろうか。

夢だと確定してしまえば、簡単に納得することができた。

「こんなことを突然言われたら驚くよな。だけど俺は本気でラウラとの結婚を考えている。そのつもりでラウラに手を出したからな」

アルフォンスは私の目元に溜まった涙を拭ってくれた。触れられている感覚はすごくリアルだ。

私は夢の中にいるのか、ここが現実なのか分からず混乱してしまう。

（これは……夢、じゃないの？）

私が戸惑った様子で瞳を揺らしていると、不意に彼と視線が絡む。

するとアルフォンスは優しく微笑みかけてきて、その表情に少しだけ私は安堵する。

「どうした？　信じられないって顔だな。残念だが、俺はラウラのことを諦めるつもりは一切ない。だけど、君の気持ちが固まるまでは待とうと思っている。だから焦らなくていい」

（本気で、私と結婚しようと考えているの……？　うそ……信じられない）

直ぐに考えをまとめることができず口を閉じたままでいると、彼は深くため息をもらした。

「というか、こんな場所で言うつもりはなかったんだけどな」

彼は愚痴を零すかのようにぼそりと呟く。

「乱れているラウラの姿を見ていたら、愛おしさが込み上げてきて感情が抑えられなかった。今すぐにでも求婚して、君を早く俺だけのものにしたい。そんな風に思ってしまったようだ」

「……っ」

アルフォンスは自嘲するように苦笑した。

私の目元をなぞっていた手が頭のほうに移動すると、今度は大きな掌を広げて優しく髪を撫でてくれた。

それが堪らなく気持ち良く感じて、私は口元をわずかに緩ませる。

目を閉じると、これがすべて夢になってしまうような気がして少し怖い。

（アルフォンス様は、本気で私との結婚を望んでいるの？）

私の心は大きく揺れていた。

結婚を考えるくらい、私のことを本気で思ってくれていることはすごく嬉しい。

だけど、今の私と彼とでは立場が違いすぎる。

（私はつい最近、婚約破棄をされたばかりなのに）

婚約に対してあまり良い印象を持っていなかったし、前の婚約者のようにアルフォンスも簡単に心が離れていってしまうことだって絶対にないとはいえない。

彼は以前、一目惚れだと話していた。

考えたくはないけど、今後もっと素敵な令嬢に出会えば、簡単に心変わりする可能性だってゼロではない。

そんな風に考えてしまうと、私はどうしても結婚に対して前向きに考えることができなかった。

「そんなに不安そうな顔をしているのは、結婚に不安を持っているからか？」

「それはっ……」

迷っている心を彼に見透かされてしまい、私は戸惑うように視線を泳がせた。

「やっぱりそうか。だけど、安心してくれ。俺は心底君に、ラウラに惚れている。前の婚約者のように裏切ることは絶対にしない」

彼は真っ直ぐに私だけを見て、迷うことなく気持ちを伝えてくれる。

「俺が欲しいのは、他の誰でもないラウラだけだ。生涯、君だけを愛すると誓う。もちろん、離婚は絶対にしない。ラウラさえ傍にいてくれれば、俺は幸せを感じることができるのだから」

アルフォンスはうっとりとした顔で私を見つめて言った。

声も表情も優しいのに、私を見つめる瞳だけは鋭く感じる。

まるで『絶対に逃さない』と言われているような気分だ。

本気で私との結婚を考えてくれていることを知り、それは本当に嬉しくて堪らない。

「……でもっ、私はもう貴族ではないのでっ」

「ああ、そのことならラウラは何も心配することなんてない。俺にすべて任せてくれたらいいよ」

アルフォンスは表情を変えることなく、優しい口調で答えた。

「それから、ラウラにお願いがあるんだ」

「お願い、ですか？」

「俺と二人でいる時は、これからは『アル』と呼んでほしい。仕事中は他の人の目もあるだろうから今までのままで構わない。ラウラが仕事中もそう呼びたいのであれば構わないが」

「……っ、無理ですっ、そんなこと……。私はただのメイドです」

私が困った顔で答えると、アルフォンスは小さく笑った。

「俺にとってラウラは特別な存在だ。これで十分な理由ができたな。最初は戸惑うかもしれないがきっとすぐ慣れるはずだ。試しに呼んでみて？」

「……っ、……ア、アル様っ……」

私が小さな声で呟くと、アルフォンスは「様はいらない」と言った。

「い、言えませんっ……」

「どうしてだ？　どうせいつかは呼ぶことになるんだ。今のうちから慣らしておいたほうがいいだろう？　早く言って？」

「……アル」

彼に言い負かされてしまい、私は恥ずかしながらもそう呼ぶ。

ただのメイドだった私が、主である彼の名前を敬称なしで、しかも愛称で呼ぶことになるなんて思いもしなかった。

「よく言えたな。いい子だ。これからは俺と二人の時は必ずそう呼んでくれ」

アルフォンスは戸惑っている私の顔を見つめると、唇にちゅっと音を立てて口づけた。

不意打ちをされさらに困惑すると、彼は満足そうな顔で「ラウラはいつでも初々しい反応ばかり見せるんだな」と呟く。それに対して私は一人で照れていた。

(私にとっては初めてのことばかりなんだし、当然よ)

それから、私達はベッドの上で他愛のない話をしていた。

私が一方的にメイドの仕事について語っていると、アルフォンスは嫌な顔をせず聞いていてくれた。

実家では一方的に言われることばかりだったので、聞いてくれる人がいると思うと嬉しくて口が止まらなくなる。

(やっぱり、アルフォンス様の傍にいると楽しいな)

私のすべてを無条件で受け入れてくれるような気がして、心がすごく軽くなる。

「話も一段落したことだし、湯浴みに行くか」

彼はそう言うと私の体を横向きに抱きかかえる。

自分で歩けると言いたいところだったが、激しく抱かれたことでまだ体に力が入らなかったので、今は大人しく彼に運ばれることにした。

浴場に着くと、アルフォンスは私の服を一枚ずつ脱がせていった。

彼に服を脱がされるのはこれで二度目になるが、恥ずかしいのは変わらない。

そしてお互い一糸纏わぬ姿になると、洗い場へと向かう。

「今日は随分無理をさせてしまったからな。ラウラはその小さな椅子に座っていてくれ。俺が綺麗に洗ってやる」

浴場に置かれている小さな椅子に座らされると、不意に耳元で熱の籠もった息を吹きかけられる。

そして「大人しくしていろよ」と艶のある声で囁かれ、私は小さく体を震わせてしまう。

「……っ、自分で洗えますっ！　アルフォンス様に洗ってもらうとか、そんなことできませんっ」

「アルだ。ラウラは俺にとっては特別なのだから、そんなことは気にしなくていい」

「……っ」

今日は一日中彼に翻弄された。

結婚の話までされたので、きっと明日も彼によって心を悩まされることになるだろう。

(毎日悩まされることになりそうね)

本当は困ったことなのだが、私の口元はわずかに緩んでいた。

彼になら悩まされてもいいと、どこかで思っていたのかもしれない。

そんなことを考えていると、ぬるっとしたものが背中に触れて、思わずビクッと体を震わせてしまう。

「どうした？　洗っているだけなのに耳が随分と赤いな。俺に背中を触れられてまた感じているのか？」

「違いますっ……、少し驚いただけでっ」

「驚いただけか。それならば、どうしてここはずっと尖ったままなのだろうな」

「……ぁ、やっ……」

アルフォンスは背中に触れていた手を胸のほうに移動すると、ツンと主張するように尖っている先端に指を押しつけてきた。

石鹸の泡のせいで指の滑りが良くなり、ころころと転がすように弄ばれる。

「……アルフォンス様、こんなところでっ、遊ばないでくださいっ」

「バレたか。だけど、さっきはここを触ってあげられなかったからな。ラウラ、アルだ。次忘れたらお仕置きだからな」

「……っ」

背後から聞こえてくる彼の声は愉しそうだったが、私は少し不満を感じていた。

いつも振り回されて、翻弄させられるのは私ばかり。

きっとこれからもそれは変わらないのだろう。

「……ぁっ、そこばっかりっ、いやっ……」

「ここは大切な場所だろう？　だから丹念に洗ってやらないと。ラウラ、さっきから息を荒くしている様子だが、まさか洗っているだけで感じてなんかいないよな」

彼の指先が何度も私の膨らんだ突起を捕えようとしている。

だけど、指が滑りなかなか摘まむことができないようだ。

「違っ、ぁっ……、引っ張らないでっ……」

「やっと捕まえた。こんなに硬くして、甘い声まで出しておいて今さら否定する気か？　だけど、照れ隠しのために強情な態度をとる姿も俺は好きだよ」

耳元で甘ったるい声を囁かれて、私の鼓動は次第に速まっていく。

彼の口から『好き』だと言われる度に、私はドキドキした気持ちを抑えられなくなるようだ。

「胸はこれくらいにしておくか。次は足の間だな」

「え……」

漸く胸を解放されてほっとするが、直ぐにまた困惑させられることになった。

「ラウラは、俺の精を呑みこんだまま過ごしたいのか？」

「……っ」

「嫌なら足を開いて。綺麗に洗ってやるから。だけど、自分でしたいというのであれば、それでも構わない。ラウラが決めてくれ」

私は思わず頷きそうになってしまったが、自分で洗うことのほうが羞恥を感じて、大人しく彼に任せることにした。

「いい子だな。ちゃんと奥にあるものを掻き出してやるから、暫くじっとしているんだぞ」

「……っ!?　やっ……ぁあっ…!!　そんなに、激しく、しないでっ……!」

彼は私の前に移動すると、椅子の上で足を大きく開かせて指を一気に二本押しこんだ。

すでに解(ほぐ)れている膣内は簡単に彼の指を受け入れてしまう。

根本まで埋めたあと、彼は角度を変えた二本の指を激しく動かし始めた。

中心からはぐちゅぐちゅと淫靡な音が反響するように浴場内に響き渡る。

羞恥に耐えきれなくなった私は、ぎゅっときつく目を閉じた。

「すごいな。俺の出した精とラウラの愛液が混ざり合ってとろとろに溶けているな。ラウラ、そんなに締めつけていたら出せないぞ。中をもっと緩めろ」

「……っ、はぁっ、ぁああっ……できなっ……っ!!」

私はそのままアルフォンスの指で果ててしまった。

緩まるどころか、彼の指をぎゅうぎゅうときつく締めつけてしまう。

「もしかして、果てたのか？　これでは、いつまで経っても終わらないな」

アルフォンスは果てたばかりの私に構うことなく、奥にまで入れた指を内壁に擦るように激しく動かしてくる。

「ぁあっ……、やだっ……、まってっ……っぁああっ!!」

一度達してしまうと、その後は簡単に果ててしまうのをアルフォンスはきっと分かっているのだろう。全く意地悪な人だ。

解放される頃には私はぐったりとしていて、アルフォンスも少しは反省している様だった。

「やりすぎたな。ラウラが可愛くて歯止めが効かなくなった。すまない」

そんな風に謝られると、私は簡単に許してしまう。

これも惚れた弱みなのだろうか。


それから三ヶ月くらいが過ぎた、ある日のこと。

私がいつものようにアルフォンスの部屋の掃除をしていると、入り口の扉が開いた。

「ラウラさん、ちょっといいかしら？」

「ビアンカさん、どうされましたか？」

私が尋ねるとビアンカは早足で部屋の中まで入ってきて、突然私の手首を掴んだ。

「掃除中にごめんなさい、ちょっと来てもらえる？　アルフォンス様が急ぎの件でお呼びなの！」

「アルフォンス様が？」

この屋敷で働くようになってから、今まで一度も急な用事で呼び出されたことはなかった。

(急ぎの件って、何かしら……)

理由を尋ねてみたが、彼女も詳しくは聞かされていないようだ。

到着した先は、執務室ではなく応接間だった。

「アルフォンス様、ラウラさんを連れてきました」

ビアンカが扉の前で立ち止まりそう言うと、奥から「入ってくれ」とアルフォンスの声が響き二人で中へと入っていく。

そこにはアルフォンスと五十代くらいの綺麗な女性が向かい合うように座っている。

この邸に来客が訪れることは珍しく、私はその女性とは面識がなかった。

(どうして、ここに私が呼ばれたのかしら。この女性は誰だろう)

そんなことを考えていると、ビアンカは私をこの部屋に残して先に出て行った。

「ラウラ、こっちにおいで」

「はい……」

私が戸惑うように立っていると、彼に名前を呼ばれて促されるままに隣へと腰かけた。

メイドである私が、客人を前にしてソファーに座っているのもおかしな光景だ。

対面するように座る綺麗な女性と目が合うとこちらに微笑みかけてくれたので、私も笑顔で返した。

艶のある、しなやかな銀色の長い髪に、深い緑色の瞳。

そして肌の色は白く、スラッとした美人だ。

一体アルフォンスとはどういった関係なのだろう。

「あの、アルフォンス様……」

私が困惑した様子で彼に声をかけると、アルフォンスは「紹介するよ」と言った。

「ラウラ、この人は俺の母だ。何の連絡もなしに突然やってきたから俺も驚いた」

「突然押しかけてごめんなさいね。最近忙しくて時間を取れる日が他になかったのよ。アルフォンスからの手紙に結婚したい相手ができた、なんて書かれていたから驚いて早速会いにきてしまったわ。ふふっ」

（アルのお母様⁉）

客人の正体が分かると私は驚き、緊張で顔が強張ってしまう。

結婚するなんて私はまだ一言も告げていないのに、先に彼の母親に報告してしまうなんて。

「私はアルフォンスの母のイザベラよ。ラウラさん、よろしくね」

愛想の良い笑顔で挨拶されて、私は慌てて「よろしくお願いします」と返答する。

何も心の準備もしていない状態で、突然母親を紹介されて落ち着けるはずがない。

それにアルフォンスの母親なのだから、失礼な態度をとることもできず、私はかなり戸惑っていた。

「それにしても、今まで女性に一切興味を示さなかったあのアルフォンスに、本気で結婚を考えている女性がいたなんて驚いたわ。私が縁談を用意してもいつも平気ですっぽかすし、本当に困っていたのよ」

イザベラがため息交じりに答えると、直ぐにアルフォンスが反論する。

「どうせ断るのだから、会うだけ時間の無駄だろう。いつも母上に縁談を押しつけられて、困っていたのは俺のほうだ」

アルフォンスはうんざりとした顔で話していた。

どうやらそれを止めるために、私との結婚を匂わせるようなことを手紙に綴ったようだ。

「ラウラ、大丈夫か？　ここは王宮でもないし、そんなに緊張する必要はないぞ」

「……っ、はい」

私が暫く固まっていると、そのことに気付いたアルフォンスが声をかけてくれた。

彼の顔を見たら少しだけ緊張が解れたような気がする。

(アルのお母様も気さくな方なのね)

「そういえば、ラウラはあまり社交場には出ていないと話していたな。父上は挨拶などで顔を出す機会は多いが、王妃はそうではないからな」

「……王妃？」

私は彼の言っていることが、直ぐには理解できずにいた。

「もしかして、本当に知らなかった？　アルフォンスは私と現国王の間に生まれた子よ。第二王子と言ったほうが、ラウラさんには分かりやすいかしら？」

「……っ⁉　アルフォンス様が、第二王子……？」

今度はイザベラから説明されて、私の顔から表情が消える。それくらい、私は驚いていた。

(アルが、第二王子……⁉　それに、イザベラ様が王妃様⁉)

私の頭の中は完全に混乱していた。

確かにアルフォンスが王族だという話は聞いていたが、まさかお母様が現王妃だなんて思っていなかったからだ。

高い爵位を持つ貴族は王族との関係が深い場合が多い。

アルフォンスも自分が第二王子だなんて一言も告げなかったし、周囲の使用人達からそんな話を聞いたことも一度もなかった。

「そういえば俺もラウラに話したことはなかったな。騎士だったことを知っているようだったから、王子であることも知っているものだと思いこんでいたが」

「何も知らずに、申し訳ありませんっ」

私が再び謝ると、アルフォンスは膝の上に置いた私の手を握ってきた。

「ラウラ、謝らなくていい。伝えなかった俺も悪いからな。それに知らなかったからといって、俺達の関係が変わるわけでもないだろう」

彼の優しい声を聞いて少しだけほっとしたが、完全に混乱が収まったわけではない。

（私、何も知らなかったわ。どうしよう……）

王子だなんて、一番縁のない存在だと思っていた。

それなのにこんなに傍にいて、体まで繋げてしまうなんて。

（無理よ。私が王子であるアルと結婚だなんて……）

その時、私はハッとあることを思い出した。

アルフォンスは母であるイザベラに、私の事情を伝えているのだろうか。

もしその事情を知ったら、絶対に反対するに決まっている。

そうなれば私は公爵邸から追い出されて、アルフォンスとも引き離されてしまう。

（そんなの、嫌。まだ離れたくないっ！）

私は手をぎゅっと握りしめ、苦しい表情を隠すために少しだけ顔を俯かせた。

彼と私では釣り合わないことは分かっているのに、いざ引き離されるかもしれないと思うとそれを拒否してしまう。

矛盾していることは分かっているけど、握られているこの手を手放したくない。

「ラウラ、どうした？」

「……っ、大丈夫です。少し混乱してしまって。申し訳ありません。王妃様の前だというのに……」

私は必死に笑顔を取り繕って、その場を収めようとする。

イザベラがどんな人物であるかは分からないけど、私のことでアルフォンスに迷惑をかけたくない。

そう思うと、私は覚悟を決めてイザベラに声をかけた。

「あ、あのっ……、王妃様にお話しておかなければならないことがあります」

「話したいこと？　何かしら？」

「私は……、以前、伯爵家の娘でしたが今は違います。事情があって……」

「ラウラ、その話はすでに母上に伝えてあるよ」

「え……？」

私が話そうとすると、アルフォンスが会話を止める。

驚いた顔を彼に向けると、その瞳は『何も心配するな』と言っているように見えた。

「その話を知った時は、本当に胸が痛んだわ。実の娘にそんな酷い仕打ちをするなんて、同じ親として信じられないし到底許せないわ」

イザベラは私の両親に向けて辛辣な言葉を述べていた。

私達は他人で、立場だって大きく違うのに、この人は私に同情してくれている。

そのことが信じられなかった。

そしてイザベラはその厳しい表情を崩すと、優しく私に微笑みかける。

「だけどね、いつまでも気にするようなことではないと思うの。過去に縛られるよりも、これからの未来を大切にして、絶対に幸せにならないとだめよ。そうでしょ、アルフォンス」

「ああ、もちろんだ。俺が絶対にラウラを幸せにしてみせる。彼女が幸せそうに微笑む姿に惚れこんだのだから、それは一生かけて守っていくつもりだ」

今の彼は決意に満ちた瞳をしていた。

私の胸は高鳴り、瞳の奥がじわじわと熱くなるのを感じる。

だけど、今は目の前にイザベラがいるので、私は溢れ出しそうになる涙を必死に堪えていた。

(どうして、何も持っていない私にこんなにも優しくしてくれるの?)

いくら考えてもその答えは見つからない。

だけど、こんな風に思ってくれる人が傍にいたら、きっと幸せになれるような気がした。

「話は変わるが、ラウラに頼みたいことがあるんだ」

アルフォンスは話題を変えると、少し困ったような顔を私に向けてきた。

「来月王宮で開かれる、弟イザークの誕生パーティーに出席しなければならなくなった。そこでラウラを俺のパートナーとして連れていきたいと思っているんだ」

「え……」

私が眉をひそめると、アルフォンスは苦笑した。

「ラウラが社交界にあまり良いイメージを持っていないことは知っている。もちろん、俺はずっとラウラの傍から離れないし、他の貴族からも守るつもりだ。嫌なお願いだとは思うが、考えてはもらえないか？」

「私なんかが出席しても構わないのでしょうか？　その、私はもう貴族ではないですし……。私といたらアルフォンス様にまで嫌な思いをさせてしまうかもしれません」

アルフォンスとならば、一緒に出席したいという思いは持っていた。

だけど、私が伯爵家から追放されたことは、もう他の貴族達にも知れ渡っているだろう。

そんな私と一緒にいれば、アルフォンスにまで迷惑をかけてしまう気がして怖かった。

(こんなにも良くしてくれる人を、私のせいで傷つけたくなんてない)

大切に思うからこそ、余計にそんな風に考えてしまう。

「それはいらない心配だ。俺は周りの貴族にどう思われようが、構わない。それよりも、大切なラウラが傷つけられることのほうが許せない。それは噂も同じだ。だからこの機会に、ラウラがバーデン家と完全に縁が切れたことを皆に伝えたいと思っている」

「ラウラさん、アルフォンスはこれでも騎士団を率いていた人間よ。絶対に貴女を守ってくれるはず。それに、私も貴女達のことを応援しているわ。何かあれば遠慮なく言って。必ず力になるわ」

二人の言葉に、再び胸の奥が熱くなった。

アルフォンスはずっと私の手を握ってくれている。

掌から彼の存在を感じることができて、今私が落ち着いていられるのもそのおかげなのだろう。

こんな風に二人から言われては、断ることなんてできない。

それに、アルフォンスとならばきっとパーティーも楽しめるに違いない。

「私で良ければ、出席させてください」

私が小さくはにかみながら答えると、アルフォンスは「ありがとう、ラウラ」と優しい声で言ってくれた。

感謝するべきなのは私のほうなのに。

「決まりね。アルフォンスと出席する以上、ラウラさんは婚約者という立場になるけど良いのよね？」

「それはっ……」

イザベラの言葉に私が戸惑っていると「今は仮の婚約者で構わないよ」とアルフォンスが言ってくれた。

その言葉を聞いて私は少しほっとする。

「そうなるとドレスが必要になるわね。新調するには早いほうがいいわ。私が良い仕立て人を手配しておくから、関係者が邸に訪れたらラウラさんの希望を伝えてね」

「ドレスなんて、私はっ……」

突然、現実的な話をされて私は焦ってしまう。

「パーティーにはドレスは必要だ。足りないものはすべて俺が用意するから、ラウラは何も気にする必要はないぞ。俺の頼みを聞いてもらうのだから、それくらいするのは当然だろう」

「身なりは大切よ。皆に綺麗になったラウラさんを見せて、見返してやりましょう」

イザベラはかなり乗り気のようだ。

私も二人に感化されて、楽しい気持ちになってきてしまう。

(王妃様のような方が母親だったら、私も幸せになれたのかな……)

不意にそんなことを考えてしまう。

先程彼女が言ったように、過去に縛られるよりも未来のために生きたほうが幸せになれる。本当にその言葉の通りだと思う。

(アルとだったら、きっと私は幸せになれる)

だけど、まだ結論は出せていない。

私はそれに見合う何かを、何一つ彼に返せていないからだ。

(好きな人だからこそ、アルには幸せになってほしい)

幸せが何かを知らない私に、それを見つけ出すことができるのだろうか。

それが見つかるまでは、私は彼の求婚には答えることができない気がする。

第四章

「……んっ」

気怠さを感じながらゆっくりと目を開くと、辺りは薄暗くなっていた。

（あれ、ここは……アルの部屋？　……あ、また途中で気を失っちゃったんだ）

そこで漸く意識が途切れる前の記憶が蘇り、恥ずかしさから顔の奥に熱が籠もっていくのを感じた。

この感覚は何度繰り返しても、全く慣れる気がしない。

抱かれている時は理性が飛んでいるので羞恥を忘れてしまうから、次に彼に顔を合わせる時は毎回戸惑ってしまう。

「ラウラ……？　起きたのか？」

部屋の中央からアルフォンスの声が響き、ドキッと心臓が飛び跳ねる。

しかし、ここは彼の私室なのだから、アルフォンスがいても何らおかしくはない。

私はゆっくりと体を起こすと、アルフォンスのほうへと視線を向けた。

「あのっ、申し訳ありません。私、また気を失ってしまったのですね」

「ラウラが謝る必要なんてない。気絶させるくらい酷く抱いた俺が悪いのだからな。体は平気か？

無理して起き上がらなくてもいい」

アルフォンスは私がいるベッドに近づくと、端のほうに腰かけた。

そして彼の大きな掌が伸びてきて、私の頬に優しく添えられる。

室内は薄暗いが、照明の光のおかげで彼の表情を確認することはできた。

今の彼はいつもの穏やかな顔をしている。

「大丈夫です。私、どれくらい眠っていましたか？」

「大した時間じゃない。だから、気にする必要はないよ」

きっとアルフォンスは私に気を遣ってそう言ってくれたのだろう。

窓際のカーテンはしっかりと閉められ、外の明かりは一切もれてこない。

ということは、恐らく今は夜なのだろう。

「私、仕事がまだ……」

言いかけたところで、彼の指によって言葉を止められた。

「仕事のことなら気にしなくていい。事情はビアンカに伝えてあるから問題ないだろう。それより腹は空いてないか？」

「あ、そういえば少し、空きました」

そう言われて初めて、お腹が空いていることに気付いた。

「そうか。料理をここに運ばせるように頼むから、暫く待っていてくれ」

「自分で取ってきます」

私は慌てるように起き上がろうとすると、アルフォンスに「だめだ」と止められてしまった。

「いつも歯止めが効かず、ラウラが気を失うまで抱き潰してすまないと思っている。だから今日くらい、俺に任せてもらえないか？」

「……っ、お気遣い、ありがとうございますっ」

私が少し照れた様子で答えると、アルフォンスは優しく微笑む。

そして、私の唇にちゅっと音を立てるように口づけた。

「俺が戻ってくるまでの間、ラウラは大人しく休んでいてくれ。今日はこの部屋には誰も入れないから安心していい。ラウラの恥ずかしがる姿は俺以外の人間には見せたくないからな」

「……っ」

アルフォンスはベッドから立ち上がると、悪戯っぽく笑った。

その姿に思わずドキッとしてしまう。

彼が出ていったあと、静かな室内で私は考えを巡らせていた。

それは他でもないアルフォンスのことだ。正確にいえば、彼と私の話になる。

(アルに求婚されてから三ヶ月か。それなのに私はまだ返事ができずにいるなんて)

この三ヶ月、一気に距離が縮み、まるで恋人のように接してもらっている。

呼び慣れなかった『アル』という愛称も、今では自然と出てくるようになった。

それに彼は毎日欠かすことなく、私に薔薇の花束を贈り続けてくれている。

千本まで花言葉があると言っていたけど、それまでに私の決心はつくのだろうか。

（アルが王子で公爵という高い身分でなかったら、きっと私は自分の気持ちを素直に伝えることができたのに）

私は彼のことが好き。

この気持ちにはずっと前から気付いていたし、彼との時間を重ねていくうちにその思いは確実に膨らんでいることも分かっている。

それでも前に踏み出せないのは、身分の差という大きな壁が立ちはだかっているから。

（アルは身分のことを気にしなくいいと言ってくれるけど、周りは違うわ）

それに私なんかが本当に公爵の妻になんてなれるのだろうか。

今まで社交界には数える程度しか出席したことがなかったし、考えれば考える程難題ばかりにぶち当たってしまう。

（私は、どうしたらいいんだろう……）

それからどれくらい時間が経ったのかは分からない。

扉のほうからガチャと開く音が響いて、視線を向けるとそこにはアルフォンスの姿があった。

「ラウラ、待たせたな」

「え……アル？」

この邸の主であるアルフォンスが、食事の載ったカートを押している。

このあり得ない光景に、私は暫く（しばらく）の間きょとんとしてしまったが、ハッと我に返ると慌ててベッドから降りようとした。

「ラウラはそのまま動かないでいてくれ。今日は俺が介抱すると言っただろう？　その場で食べられるように、ベッドテーブルも用意してきたからな」

彼は自慢げに答え、その口調は随分と弾んでいる。

「何から何まで、ありがとうございます」

アルフォンスは私のいるベッドの前に辿りつくと、持ってきたテーブルを準備してくれた。

そして、テーブルの上に料理を並べていく。

私はその光景を不思議そうに眺めていた。

「アルはもう食事を済ませたのですか？」

「俺は少し仕事が残っていたから、それを済ませたあとに食べたよ。よし、これで準備はできたな。ゆっくり食べてくれ。食後には、ラウラの好きなケーキも用意してある。今日は昼間休憩が取れなかったからな」

テーブルの上には湯気が立ち上るスープに、焼き立てのパン、そして肉のパイ包みやサラダなどが並べられている。

アルフォンスは準備を終えると、ベッドの横にある椅子に腰かけた。

「スープが少し熱そうだな。俺が冷まして飲ませてやろうか？」

「……っ、結構ですっ」

冗談ぽく話すアルフォンスに対して恥ずかしがりながら答えると、急いでスプーンを手に取った。

そんな姿を見てアルフォンスは小さく笑っている。

「冗談だ。だけど、熱いから気をつけて飲めよ。ラウラは猫舌だからな」

「はい」

私はスプーンに掬ったスープに息を吹きかけて少し冷ましてから口に運んだ。

アルフォンスは微笑ましそうに表情で私を見ている。

そんな表情を見ていると、つい先程のことを思い出し、スプーンを持つ手が止まってしまう。

「熱かったか？」

私の様子を見て、アルフォンスは優しい口調で声をかけてきた。

彼の優しい姿を見ていると胸が苦しくなり、私は縋るような視線を向けてしまう。

私は彼の気持ちを知りながら、突き放すことも受け入れることもしていない。

そんな私のことをアルフォンスはどのように思っているのだろう。

「ラウラ？　どうした？」

「ごめんなさい……」

私が頭を下げて謝ると、少し戸惑った声が頭上から聞こえてくる。

「ごめんとは、どういう意味だ？」

「それは、私が未だにアルに答えを出せていないから……」

彼の反応を見るのが怖くて、私は俯きながら手をきつくぎゅっと握りしめた。

「答えというのは、俺がラウラに求婚したことか？」

その言葉にドキッとするも、私は小さく頷く。

「ラウラの気持ちが固まるまでは待つと決めたからな。今もそのつもりでいるが……」

「私、分からないんです。どうしたらいいのか……」

私が戸惑った声で答えると、頭上から「ラウラ、顔を上げて」と優しい声が響いてきた。

今、彼の顔を見るのは正直怖い。

だけど、その声があまりにも優しく聞こえて、私は恐る恐る顔を上げた。

「迷ってくれているということは、少しはラウラにもその気があると思っていいのか？」

「それはっ……。でも、本当に私でよろしいのですか？　私は何も持っていません。アルのように称えられるものもないし、地位だって……」

本当に、私には何もない。

言葉に出すと、余計に虚しく感じてしまう。

「俺はそんなものをラウラに求めたつもりはないよ。誰かに何か言われたのか？」

「違います……」

「それならば、なぜそんなことを言うのか聞かせてくれるか？」

「だって……、どう考えても私とアルとでは身分が違いすぎます」

私の言葉を聞くと、彼は盛大にため息をもらした。

「やっぱりそこか」

「……………」

アルフォンスは納得したように呟くと、私の手を包むように触れてきた。

「以前伝えたように、俺は身分なんてものは気にしていないし、今でもラウラと結婚する意志を強く持っている。求婚した時以上に、その思いは強くなっているから、手放すなんて当然考えてはいない」

「……っ」

彼の言葉からは、一片の迷いも感じられなかった。

「俺と結婚すれば、公爵夫人としてラウラが苦手な社交界に顔を出す機会も増えるだろう。君にとってはすごく覚悟のいることだというのも重々承知だ。それでも俺の傍にいてほしい。なるべくラウラには負担をかけないように努力するし、悩みがあればいつだって聞く。今までに近い生活が送れるようにもするから」

「どうしてそこまで……」

「言っただろう。俺はラウラがいいんだ。他の誰かではなく、ラウラの傍にずっといたい」

「……っ」

アルフォンスはとても穏やかで優しい顔をしていた。

私は彼の表情を見て、つい「私も」と言いたくなってしまう。すると、彼はふっと小さく笑った。

「悩んだ末に、それでも決心がつかないということならば、俺が貴族をやめる」

「……っ!?」

（いきなり、何を言い出すの!?）

予想もしなかった言葉に、私は酷く戸惑ってしまう。

「随分と驚いた顔だな」

「こんな時に冗談なんて、質が悪すぎますっ。そんなの、だめに決まっていますっ！」

「冗談なんて言っていない。俺は本気だ。それに、ラウラには何度も伝えているはずだ。俺はラウラのことを絶対に諦めない、とな。ラウラと貴族の生活を天秤にかけたら、俺は迷わず君を選ぶよ」

「……っ」

彼はまたしても、迷うことなくさらりと言った。

そんな態度をとられてしまうと、私は何も言い返せなくなる。

彼は冗談をたまに言うが、大切な話をしている時は違う。

そんなこと分かっているはずなのに、私は自分に自信がないから何かにつけて逃げ道を探してしまう。これは私の悪い癖だ。

「今はいいかもしれませんが、いつか私を選んだことを後悔するかもしれない……」

私は声を震わせながら小さく答えた。

「後悔ならば、もうしているよ」

「え……」

「あの時、強引にでも元婚約者からラウラを奪いにいくべきだったとな。だからこそ、もう絶対に選択を間違えない」

「……っ」

彼の大きな掌が私の頬に触れる。

とても温かくて、心地が良くて、彼の優しさに包まれているような気がした。

彼はどんな私であっても受け止めてくれる、そんな気さえしてしまう。

すると、堪えていた感情の波が怒涛のように押し寄せてきて、私は顔をぐちゃぐちゃに歪ませた。

目元からは大粒の涙が零れ、視界が曇っていく。

「うっ……っ」

「辛かったな」

彼は泣きじゃくる私のことを胸の中に優しく抱きとめると、落ち着くまでそのままでいてくれた。

それ以上の言葉をかけてくることはなかったが、彼の体温を感じているとそれだけですべてを受け入れてもらえているような気がして、次第に私の感情も落ち着きを取り戻していく。

「……っ、いきなり泣き出してしまってごめんなさい」

私が少し擦れた声で呟くと、頭上から「気にしなくていい」と穏やかな口調で彼が返してくれた。

そして、ゆっくりと体を離され顔を覗きこまれてしまう。

きっと今の私はひどい顔をしているはずだ。

泣き顔を見られてしまい少し恥ずかしさを感じていると、アルフォンスは私の顔を見るなり、

「いい表情になったな」と言った。

「……？」

思っていたのと反対のことを言われ、私は首を傾げた。

「今のラウラは吹っ切れた顔をしているように見える」

「あ……。思いっきり泣いたら、少し心が軽くなったような気がします」

私はへらっと力なく笑うと、彼は優しい表情で微笑んでいた。

「俺の求婚を受け入れるということは、ラウラの人生を大きく変えることでもある。だからこそ、ラウラ自身が納得するまで俺は待とうと決めたんだ。俺のために沢山悩んでくれたんだな」

「……っ」

急にそんな風に言われてしまうと、なんだか擽（くすぐ）ったい気持ちになってしまう。

「だけど同時に、苦しい思いもさせてしまったな。すまない」

「っ……頭をお上げくださいっ」

彼が突然頭を下げて私に謝ってきたので、私は慌てて顔を上げさせた。こんな光景を眺めていると、彼が公爵であることなんて忘れてしまいそうになる。

今私の前にいる人間は、身分など気にすることなく私に接してくれていて、それは出会った頃から変わっていない。

(私はこれからもアルの傍にいたい……。少しでも支えられるようになりたいな)

そんな風に思えるようになったのも、彼のおかげなのだろう。

今なら、その一歩を進めるような気がした。

「ラウラは心に秘める癖があるようだが、これからは何でも俺に話してほしい。嬉しいことも、辛いことも。ラウラの話は何だって聞きたい」

彼の言葉を聞いて、胸の奥が温かいもので包まれていく。

「私も……。アルの話は何でも聞きたいし、ずっと傍にいたい。今までもらった恩返しもまだ何もできていないけど、これから少しずつ返せるように精一杯頑張るので。よ、よろしくお願いします」

私が照れながら答えると、アルフォンスは驚いた顔でこちらを見ていた。

そんな顔をされると、反応に困ってしまう。

「それは、俺の求婚を受け入れてくれると思っていいのか？」

「……はい」

私が小さく頷くと、彼の顔が見る見るうちに笑顔に包まれていく。

それに引っ張られるように、私まで同じ顔をしていた。

「ああ……信じられない。こんなに嬉しいのは生まれて初めてだ」

「それは少し大袈裟かと」

私が苦笑していると、彼は突然私をきつく抱きしめてきた。

少し苦しかったが、嬉しい感情のほうが上回っていたので、私は抱きしめ返す。

「ラウラのことは、絶対に幸せにする」

「はい……」

私は幸せを噛みしめるように、ゆっくりと目を閉じる。

そして、私もアルフォンスのことを同じように幸せにしたいと強く心に決めた。

私がアルフォンスとの結婚を受け入れると、生活が大きく変わり始めた。

特に今日は、朝から大忙しだった。

なぜなら、アルフォンスの父である国王陛下に婚約の報告をするからだ。粗相など絶対に許されない相手だけに、普段よりも大分早く起きて、数名の使用人達の手によって体を丁寧に洗われ、マッサージを受け、メイクも入念に施された。

(皆さん、本当に朝早くからありがとう。あとでちゃんとお礼をしないといけないわね)

ビアンカを始めとするメイド達は、すべての業務を止めて私の準備を優先してくれた。

そして現在、今まで身につけたことのないような、豪華なドレスを身に纏っている。

シャンパン色で、レースの部分には丁寧な花柄の刺繍が施され、とても上品さを感じさせるものだ。

私達が王宮に着くと、直ぐに応接間へと通された。

(何度見ても綺麗なドレスね)

広い部屋の奥には大きな鏡が置かれており、私はその前に立ち自分の姿を眺めている。

鏡の中には、どこから見ても貴族令嬢としか思えない私の姿があり、一人で感動していた。

最近ではメイド服が定着していたので、余計にそう感じるのかもしれない。

(国王陛下に婚約を許してもらえたら、私……、本当にアルと結婚するんだわ)

そんなことを思うと、緊張よりも嬉しさのほうが込み上げてくる。

ちなみに私はドレスを一着も持っていなかったので、イザベラが手配してくれた仕立て人に何着かを注文した。

その一つがこのシャンパン色のドレスになる。

(帰ったら、王妃様にもお礼状を書かなきゃ)

胸元を飾るネックレスと、耳の下で揺れるイヤリングはどちらも宝石が埋めこまれており、それらはアルフォンスが用意してくれたものだ。

(アルも、こんなに綺麗な装飾品を私にために用意してくれて。すごく嬉しいな……)

私がいつまでも鏡の前に立っていると、アルフォンスがこちらに近づいてきた。

「ラウラ、随分楽しそうだな。ドレスを着てはしゃいでいるのか?」

「あ、アル……。はい。何度見ても素敵だなって思って」

彼は鏡の奥に映る私をじっと見つめると「すごく綺麗だ。何度見ても見惚れてしまう程に」と呟いた。

鏡の中で隣に立つ私の頬はじわじわと熱を持っていき、恥ずかしくてそわそわと目を泳がせてしまう。

「その照れている姿で、また一段と可愛らしくなったな」

「……っ！　またからかって！」

私が不満げに答えると「嘘は言っていない」としれっと言われてしまう。

さらにアルフォンスは「少しだけここで待っていてもらっても良いか？」と尋ねてくる。

理由を聞くと、二人で挨拶に行く前に先に国王陛下と話があるそうだ。

私が頷くと、アルフォンスは「お茶でも飲んでゆっくりとしていてくれ」と言い部屋を出ていった。

私は一人になり、中央にあるソファーのほうへと移動する。

(王宮に来るのは、すごく久しぶりな気がするわ……)

天井から吊るされた大きなシャンデリアが一際目を引いた。

そして壁際には大きな窓がいくつもあり、その奥から差しこむ日差しがとても温かくて気持ちが良い。

柔らかい光を浴びることで、少しだけ緊張感が解れたような気がした。

一人にされてしまい少し心細くなったが、私はソファーに座ると用意されたお茶を喉に流しこみ、ゆったりとした時間を過ごすことにした。

(これから、国王陛下に会うのよね。緊張しないほうが無理な話だわ)

それから一人で穏やかな時間を過ごしていると、扉の奥から何やら小さな話し声が聞こえてくる。

私が扉のほうに視線を向けると、金髪で綺麗な顔立ちの青年と黒髪の大人しそうな令嬢が入ってきた。

(え？　どなただろう……)

まさかこの部屋に誰か来るなんて思ってもみなく、私は内心かなり戸惑っていた。

二人は間違いなく私のほうに近づいてくる。

そんな中、金髪の青年と目が合うと、彼は爽やかな笑顔を私に向けた。

「お初にお目にかかります。ラウラさん、でしたよね？」

「は、はいっ！」

私は慌てて席を立ち上がった。

彼と会うのは初めてだったが、どことなく顔立ちがアルフォンスに似ているような気がする。

「僕はこの国の第三王子の……、アルフォンス兄さんの弟と名乗ったほうがラウラさんには分かりやすいかな。イザーク・ルセックです」

「弟……？　……っ、失礼しました。私、気が付かなくてっ。お初にお目にかかります、ラウラと申します」

私が慌てて答えると、イザークはクスクスとおかしそうに笑っていた。

「今まで女性に全く興味を持たなかった、あのアルフォンス兄さんの選んだ女性がどんな人かずっと気になっていたんです。母上の話だと相当貴女に熱を上げているとか。だけど、貴女を見て納得しました。とてもお美しくて、可愛らしい方だ」

「お褒めの言葉……、ありがとうございます」

お世辞だと分かっていても、そんなことを言われると照れてしまう。

私が挨拶を終えると、イザークの後ろで隠れるようにもじもじしている令嬢と目が合った。

「クリス、いつまで僕の後ろに隠れているつもり？　ちゃんとラウラさんに挨拶をして」

「……っ、はいっ」

イザークにそう言われると、その令嬢はイザークに並ぶようにして前に出る。

艶のある黒髪に、少し吊り上がった青い瞳の美人だ。

わずかに頬が赤く染まっているように見えるが、彼女も緊張しているのだろうか。

「ラウラ様、お初にお目にかかります。わたくし、デューラー公爵家のクリスティンと申します」

「えっと……」

初めて聞く名前に私は動揺してしまう。

それを見ていたイザークが助け舟を出すかのように「彼女は僕の婚約者です」と告げた。

「あ、そうなのですね。大変失礼いたしました。クリスティン様、どうぞよろしくお願いします」

私が慌てて答えると、クリスティンは「お気になさらないでください」と気遣ってくれた。

その言葉にひとまずほっとする。

「そういえば、アルフォンス兄さんの姿が見えないけど……」

イザークは周囲を見渡しながら、ぼそりと呟いた。

「今、国王陛下にお会いになっています。もう少ししたらきっと戻ってくると思います」

彼がアルフォンスに会いにきたのだと分かると、私は直ぐに説明した。

「そうですか。戻ってくるまで一人でいるのも退屈ですよね。ああ、そうだ。折角ですし少しお話でもしましょうか。クリスもそうしたいよね？」

「はいっ」

二人はそんな話を勝手に進めると、私の向かいに座った。

まさかこんな展開になるとは思ってもみなく、私は内心かなり戸惑っている。

（うそでしょ……。何でこんな時に。だけど粗相なんてできないわ。アルが戻ってくるまで何とか話を続けないと）

先程の話から、イザークは私がここにいる理由を知っているに違いない。

そうなれば、アルフォンスの婚約者として相応しい対応をしなければならないはずだ。

（やるしか、ないわね……）

とはいっても、私の目の前にいるのは、第三王子と公爵令嬢だ。

本来であれば貴族令嬢らしく振る舞わなくてはならないのだが、突然のことに私はうまく対応できなかった。もう、失敗は許されない。

折角治まっていた鼓動は、再び大きく鳴り始めていく。

その時、奥の扉が開き見慣れた人物が私の視界に映りこむ。

（アル！　よ、良かった……）

彼を見た瞬間、私は心底ほっとしたような表情を浮かべてしまった。

「ラウラ、待たせて悪かったな」

それに気付いたのか、彼は少しすまなそうにして、直ぐに私の傍まで来てくれた。

「イザーク、ここに来ていたのか」

「二人が登城したって話を聞いたから、折角だし挨拶をと思ってね。それから、あの手紙の件はすべて僕に任せて。いいことを思いついたんだ」

（手紙……？）

私には何のことを指しているのか分からない。イザークに視線を向けると、彼は口端を吊り上げて不敵な笑みを浮かべている。私の目にはその表情が妙に加虐的に映り、背筋に鳥肌が立つのを感じた。

初対面の人間にこんな気持ちを抱くのは失礼かもしれないが、彼からは危険な雰囲気を感じる。

「分かった、お前に頼むよ」

私の様子に気付いたのか、アルフォンスは直ぐに彼との会話を終わらせた。

「イザーク、悪いな。俺達はこれから謁見の間に行く。クリスティン嬢も折角来てくれたのに、あまり話せなくて申し訳ない」

「父上を待たせているのなら仕方がないね。それじゃあラウラさん、次は僕の誕生パーティーで会えるのを楽しみにしているよ。アルフォンス兄さんも、またね」

私はソファーから立ち上がると、二人に一礼をした。

そして、そのままアルフォンスに手を引かれて部屋をあとにする。

扉を閉じたのを確認すると、本当の意味でほっとすることができた。

「ラウラ、一人にさせてしまって悪かったな」

「大丈夫です。直ぐに戻ってきてくれたし」

私は笑顔で取り繕った。アルフォンスに余計な気遣いをさせたくないからだ。

「緊張は解(ほぐ)れたか？」

しかし次の言葉に私は苦笑いしてしまう。

「初めて国王陛下に会うのだから、緊張するのも当然か。だけど、すぐ隣に俺がいるから、ラウラは何も不安に思う必要なんてないよ。これが終われば、ラウラは正式に俺の婚約者に決まる。結婚への道筋もぐっと近づくな」

「が、頑張りますっ！」

そんな話をされると、少し勇気が湧いてきた。

少し前までは、彼からの求婚についてあんなにも悩んでいたのに、今となってはその日が早く来てほしいと願ってしまう程だ。

「さあ、行こうか」

「はいっ！」

私はアルフォンスの言葉に笑顔で答えると、国王陛下の待つ謁見の間へと移動した。


目的の場所に到着すると、私は心を鎮めるために何度も深呼吸を繰り返す。大きな扉が開かれると、広い部屋の一番奥に玉座が見えた。

(どうしよう、全然落ち着かない)

「ラウラ、そんなに不安そうな顔をするな。説明はすでにしてあるし、主に俺が話をするから。ラウラはただ、俺の隣にいてくれるだけでいい」

「……はい」

彼は私を宥(なだ)めるように落ち着いた声をかけてくれる。

私は小さく頷くと、アルフォンスに並んで歩き始めた。

一歩、また一歩と玉座に近づいていく度に、バクバクと鼓動が早くなっていくのを感じる。

そして長い通路を通り抜けると、私達は足を止めて深々と頭を下げた。

「そなたがアルフォンスの選んだ女性か。面を上げよ」

陛下の発言を聞いて、私はゆっくりと顔を上げた。

「お初にお目にかかります。ラウラと申します」

私の声は自分でも分かるくらい、緊張で震えていた。

「そんなに気を張る必要はないぞ。よくここまで足を運んでくれたな。ラウラと言ったな、そなたに会うのを実は楽しみにしていたんだ」

「……っ」

国王陛下は表情を崩し優しそうな顔で笑っていた。

「我が息子であるアルフォンスは、戦にしか興味がないような男だったからな。王妃共々心配していたんだ」

「ラウラと出会う前は、確かにそうでした。ですが、彼女と再会した時、運命めいたものを感じました。結婚相手はラウラ以外には考えられない。父上、俺達の結婚を認めてください」

アルフォンスは真っ直ぐに国王の瞳を捉え、はっきりとした口調で告げた。

そこには一片の迷いも感じられない。

「運命か。まさかお前の口からそんな言葉が出てこようとはな。当然、覚悟もできているのだな」

「はい、当然です」

アルフォンスが答えると、暫く(しばら)の間沈黙が続いた。

息をする音でさえ響いてしまいそうな気がして、私はできる限り呼吸を小さくしながら、この沈黙が破られる瞬間をじっと見守っていた。

「認めよう」

「父上、ありがとうございます」

私はその言葉を聞いて漸く(ようや)ほっとした。

だけど、この場にいる限り緊張が解けることはなさそうだ。

「ラウラ、そなたの境遇は王妃から大体聞いている。随分、苦労してきたのだな。だが、案ずるでない。これから先はアルフォンスがそなたの傍で支えてくれるはずだ。変な噂はあるが、アルフォンスは心の優しい男だ。傍にいるそなたであれば、もう分かっているとは思うがな」

「はい、アルフォンス様がお優しいことは知っております」

「そうか。それならば良い。本当はもう少し話していたいところだが、公務が詰まっているのでな。また今度ゆっくり時間を作るとしよう。王妃も二人とは話したがっていたからな」

国王陛下は名残惜しそうな顔で呟く。

初めて会う国王陛下は、私の想像の中の人物よりも優しそうに見えた。

存在感はすごくあるが口調は終始穏やかで、いつの間にか私の緊張も少し薄れていたくらいだ。

きっと事前にアルフォンスが話してくれたおかげで、スムーズに話が進んだのだろう。

私達は挨拶をして謁見の間をあとにする。

部屋から出て扉が閉まった瞬間、本当の意味で緊張の糸が切れた。

「ラウラ、よく耐えたな。発言もしっかりとしていたし、初めてにしては上できだ」

「良かったです。でもすごく緊張しました。だけど、私達の結婚、認められたんですね」

「ああ。これで本格的に結婚に向けての準備が進められるな。これから忙しくなるぞ。詳しいことは後日ゆっくり話そう」

「はい」

ついにアルフォンスとの婚約が正式に決まり、結婚に向けて動き出そうとしている。

まだ現実味がないが、これは夢なんかではない。

これから先もずっと彼の傍にいられると思うと、嬉しくて自然に顔が緩んでしまう。

「どうした？　そんなに嬉しそうな顔をして」

「私、アルフォンス様の婚約者になったのですよね？　それがすごく嬉しくって」

婚約者という肩書きが欲しかったわけではないが、私達の関係を周りから認められることが嬉しかった。

もう曖昧な関係ではなく、これからは堂々と周囲に婚約者と伝えることもできる。

「本当にラウラは可愛らしいことを言うな。それならば、婚約者らしくこのまま王都にある街でデートでもするか？」

「……っ、行きたいです」

その言葉に私は思わず目を輝かせて食いついてしまう。

（アルと街を歩くなんて初めてのことだし、しかもデートとか……、すごく楽しそうね！）

先程まであんなにも緊張していたのに、彼にデートと言われて私の心は弾んでいた。

「はしゃぐほど嬉しいのか。だけど、街では俺からは絶対に離れるなよ」

「……っ、はい」

彼の嫉妬を滲ませるような言葉に、私は恥ずかしくて俯いてしまう。

するとアルフォンスは「心配だな」と小さく呟いていた。


それから、私達は街へと移動した。

アルフォンスはここに来てから、ずっと私の手を繋いだままだ。

嬉しいのだが、周りの視線が気になって落ち着くことができない。

「ラウラは、この街には来たことがないのか？」

私がショーウィンドウを見る度に目を輝かせていると、隣を歩くアルフォンスは不思議そうに問いかけてきた。

「何度か来たことはありますが、こちら側の地区にはあまり入ったことがなくて」

私は困った顔を浮かべ答える。

以前貴族だった時ですら、私はこの地区に入ることは殆ど(ほとん)なかった。

理由は、高価なものを買ってもらったことが一度もなかったから。

「それならば、ゆっくり見て回るといい。気になるものがあれば教えてくれ」

「はいっ！　あ、行ってみたいところがあります！」

私はその時、あることを思い出した。

「どこだ？」

「以前アルバンさんから聞いたんですが、美味しい焼き菓子専門店があるらしいんです。確か、ベイクって名前だったと思います。そこに行ってみたいですっ！」

私が楽しそうに声を弾ませていると、アルフォンスは突然笑い出した。

「ぷっ、結局ラウラの惹かれるものは菓子か」

「……っ、そんなに笑わないでください！　ずっと気になっていたんです。それに、今日は朝から私の準備を手伝ってくれたので、買って帰ったら皆さん喜ぶかなって思って」

私が反論すると、アルフォンスは「なるほどな」と納得していた。

「ラウラは優しいな。それじゃあ、まずその店から行くか」

「はいっ！」

アルフォンスの言葉に私は笑顔で答えた。

大通りを曲がると、紅茶や焼き菓子、カフェなどが並ぶ道へと出る。

この道を歩いているだけで、あちらこちらからいい香りが漂ってくる。

（ここ、最高だわ！　どこのお店もすごく美味しそう。でも迷うな……）

「ラウラ、あったぞ。ここだな。入ろうか」

店内に入るとショーケースに飾られていたり、綺麗な箱に詰められているお菓子が何十種類と並んでいた。

「すごい！　可愛いお菓子が沢山あるわ！　アル、どうしよう。迷ってしまいますっ」

「確かにどれも可愛らしいな。迷っているならすべて買えばいい。帰ったら皆に婚約の報告もあるからな」

「いいんですか？　ありがとうございます！」

「ちゃんとラウラの分の菓子も選べよ？　遠慮することはないからな。俺はラウラの喜ぶ顔を見られることが一番の幸せなのだから」

アルフォンスにそんなことを言われると、嬉しさと恥ずかしさから顔が仄かに火照ってしまう。

「ラウラ、顔が赤いぞ？　こんな場所で可愛い顔を見せて。あとでお仕置きが必要だな」

「……っ！」

アルフォンスは耳元で意地悪な声で囁いてきたので、私は小さく体を震わせる。

(こんな場所で変なこと言わないでっ！　心臓に悪いわ)

私は慌てるように周囲を見渡したが、誰もこちらに興味を向けてはいない。

まさか外でも意地悪されるなんて思いもしなかった。

「ラウラ、どうした？」

「何でもありません。折角なのでいろいろ見てきます！」

私が恨めしげに見つめていると不意に彼と目が合ってしまい、慌てるように話題を変えた。

はらはらした場面もあったが、その後はゆっくりと店内を見て回ることができた。

結局選びきれずにあれもこれもと、大量に購入してしまった。

(少し買いすぎたかな。でも、今日はいいよね)

邸で私達の報告を待っている、使用人達の喜ぶ姿を想像するとなんだか私まで嬉しくなる。

購入したものは馬車に届けてもらうようにお願いして、私達は店を出た。

「ラウラ、疲れていないか？　どこかで休憩でもしようか」

「そうですね」

アルフォンスと街でデートしていることが嬉しくて、疲れなどはあまり感じていなかった。

しかし、歩き回って少し喉が渇いていたので彼の提案を受け入れることにする。休めそうなカフェを探している時だった。

「お姉さま……？」

突然、聞き覚えのある声に気付き、私はハッとして視線を向ける。

そこには久しぶりに見る妹の姿があった。

(うそ……。なん、で……)

一瞬、時間が止まったかのように頭の中が真っ白になる。

こんな場所でレオナに会うなんて想像もしていなかったので、私は驚きのあまり固まってしまった。

「ラウラ、大丈夫か？」

「……はい」

隣にいたアルフォンスは、そんな私に気付いてか心配そうに声をかけてくれる。

とりあえず頷いたものの、動揺は隠せない。

「私、ずっとお姉さまのことが心配で探していたんですよっ？」

レオナは私の目の前まで来ると、責めるような口調で文句を言い始める。

彼女が言っていることはすべて出任せだ。絶対に私のことなど心配していない。

（私を追い出しておいて、よく言うわ……）

レオナはさらに強い口調で続ける。

「お父様にもお願いしたのに、全然見つからないし。フェリクス様だって、それはそれは心配していて。それなのに、お姉さまは呑気に浮気ですか？」

「っ違う。大体、フェリクス様はレオナの婚約者になったのでしょう？」

レオナは大袈裟なくらい心配そうな態度でため息をもらした。

アルフォンスには、レオナと元婚約者についての関係をすでに話してあるので誤解をされるようなことはないとは思うが、浮気と言われると嫌な気持ちになる。

そもそも浮気をしたのはレオナのほうなのに、よくそんなことが言えるなと思ってしまう。

終わったはずのフェリクスの話まで持ち出されて、私は気分が悪くなった。

「フェリクス様とはそのような関係ではありませんっ！」

レオナはフェリクスとの関係をきっぱりと否定し、先程からアルフォンスにチラチラと視線を向けている。

彼は容姿も身なりだって良い。

レオナが惹かれないはずがないことは直ぐに分かったが、不思議と不安はあまり感じなかった。

「あの侯爵家の男とラウラは一切関係がない。俺の妻になる女性に変な言いがかりをつけるのはやめてくれ。迷惑だ」

「妻って……。嘘でしょ、お姉さま結婚するんですか？」

アルフォンスはレオナに動じることなく答えると、侮蔑を込めた瞳で睨みつけている。

しかし、そんな視線を向けられても、一切動じないのはレオナも同じだ。

「そうよ。それに私はもう貴女の姉ではないわ。だから、私のことはもう放っておいて」

「酷いわっ！　私がこんなにも心配しているのに……。ねえ、聞きましたか？　お姉さまってこんなに冷たい人なのよ。猫を被るのが得意だから。騙されたらだめですよっ！」

私がうんざりとした顔で答えると、レオナはむっとして涙を滲ませた。

私にはこれが演技だと直ぐに分かったが、アルフォンスはどう思っているんだろうと気になり横に視線を向けた。

彼は動じることなく敵意を向けるように彼女を睨んだままだ。

その姿を見て少しほっとする。

（猫を被るのが得意なのはレオナのほうじゃない。それに、どうしてまた私を貶めようとしているの？　家を出て、伯爵家との縁も切ったのに……）

以前と全く変わらない態度をとるレオナに、私は不安を感じ始めていた。

私が動揺から言葉を出せないでいると、代わりにアルフォンスが言う。

「君は耳が良くないのか？　ラウラは君の姉ではないとはっきり答えたはずだ。それとも、理解ができないくらい頭が悪いのか？」

彼は冷えきった声で、挑発するような言葉を並べる。明らかにレオナに対して敵意を向けている態度だ。

しかし最初に失礼な態度をとったのはレオナだから、彼に酷い言葉を向けられても自業自得だろう。

「なっ……!!　私は親切で教えてあげているのにっ！」

レオナは不満そうな声を上げると、顔を真っ赤にさせて私のことを睨みつけた。

そんな時、背後から聞き慣れない声が耳に入ってくる。

「やっと見つけた。レオナ、こんなところにいたのか。突然いなくなったから探したよ」

「あ……、デニス様ぁ」

レオナはそのデニスと呼んだ男に気付くと、甘えた声で涙を浮かべながら抱きついた。

「一体、何があったんだ？」

「聞いてくださいっ。そこにいる人達が私に酷いことを言うんですっ！　お姉さまっ！　デニス様は、侯爵家の嫡男なんですよっ！」

レオナはデニスに抱きつきながら、私のことをきつく睨みつけていた。

「お姉様？　ああ、レオナが探していたお姉さんが見つかったのか？　……っ!!」

デニスは私のほうに視線を向けても大して関心が無さそうに見えたが、アルフォンスと視線が合った瞬間、一気にその表情が青ざめていった。

「お姉さまも、その横にいる男も酷いのよっ！　デニス様の力でなんとかしてっ」

「も、申し訳ありません。私はこの女とは一切関係がありません！」

デニスは直ぐにレオナから離れると深々と頭を下げて謝り始めた。

「はぁ？　何を言っているの？　私は二人をなんとかしてって言ったのよ？」

「馬鹿かっ！　このお方が誰だか分かって言っているのか！　くそっ、お前のせいで目をつけられたらどうしてくれるんだっ！」

デニスは突然態度を豹変させると、レオナを睨みつけた。

「は……？」

この場の状況が一切把握できていないのか、レオナの口からは気の抜けた声がもれる。

「お前なんて、ちょっと見た目が可愛くて、遊ぶのにちょうど良かったから付き合っていただけだ。だけど、もうお前との関係は終わりだ！」

デニスに一方的にそう言われて、レオナは驚いて目を見開いている。

「私はこの女とは一切関係がありません。咎めるのなら、非礼を働いた彼女だけに」

デニスは再びアルフォンスに向かい深く頭を下げて、すべてはレオナ一人のせいだと訴えた。

確かに失礼な発言をしたのはレオナだが、こんな場面を見てしまうとなんともいえない気持ちになってしまう。

私はアルフォンスのほうに視線を向けて困った顔を見せた。

「俺は今ここでお前達を罰するつもりはない。俺達の邪魔をまだするのであれば、話は別だが」

「滅相もございませんっ！　私はこれで失礼させていただきます！」

アルフォンスが面倒臭そうに答えると、デニスは慌ててそう言って逃げるように去っていった。

残されたレオナは呆然としている。

「ラウラ、俺達も行こう。折角のデートをこれ以上邪魔されたくはない」

「……はい」

突然デートと言われて、私はドキドキしてしまう。

「ちょっと……！　お姉さま達のせいでデニス様が帰ってしまったじゃないっ！　まだ何も買ってもらってないのにっ！」

「まだいたのか」

レオナが怒った顔で私達を睨みつけてくると、アルフォンスは呆れたようにぼそりと呟いた。

「私の邪魔をしたのだから、代わりにお姉さまのつけているその装飾品、私にくださいっ！　お姉さまにはそんな高価なもの、似合いません！」

「これはアルが私のために用意してくれたものです。レオナはお父様に買ってもらえばいいじゃない」

彼女の我儘（わがまま）な態度に腹が立ち、私はつい強めの口調で言い返してしまう。

すると、レオナは苦々しい顔を浮かべた。

「そうだな、何でも買ってくれる君の両親に頼めばいい。赤の他人の君に何かをあげる義理はない。ラウラ、行こう」

「……はい」

これ以上、レオナに構う気は起こらなかったので、私はアルフォンスに言われて歩き始めた。

「……お姉さま！　私を怒らせたらあとでどうなっても知らないわよ？　私はもうすぐ王族の仲間入りをするんだから！　今日のこと、絶対に忘れないわっ！」

歩き出すと後ろのほうでレオナがなにやら騒がしく叫んでいたが、私達が足を止めることはなかった。

「アル、ごめんなさい。レオナが失礼なことばかり言って」

「ラウラが謝ることじゃない。それにあれはもう君の妹でもない、赤の他人だろう？　だから気にすることなんて何一つないはずだ」

彼の瞳は、心配するなと言ってくれているようで心強く感じる。

レオナに動じることなく、私を守ろうとしてくれた彼の態度がすごく嬉しかった。

「あの子、最後に変なことを言っていたけど、王族の仲間入りってどういう意味なんでしょう」

「ああ、そのことなら気にすることはない。すでに手は打ってある」

アルフォンスは含みのある言い方をしていたけど、私にはよく分からなかった。

「……ラウラ、大丈夫か？」

「え……？　あ、ごめんなさい。考えごとをしていました」

アルフォンスに名前を呼ばれて、はっと我に返った。

今、私達は街にあるカフェの個室にいる。

偶然この街でレオナに会ったことで、私は酷く動揺していた。

私は家を追い出され、伯爵籍からも除名されたというのに、レオナは未だに私のことを陥れようとしている。

それに、私を探していたと話していた。

今さら、私に何の用があるというのだろう。

「さっき彼女に言われたことを気にしているのか？」

「……はい。レオナはまた何かを仕かけてくるかもしれません」

（レオナは簡単に引き下がるような人間じゃないわ。どうしよう……）

不安に襲われていると、アルフォンスは私の手を包むように握ってくれた。

「話せば気にすると思って、ラウラには伏せていたことがある」

「え？」

「実は少し前に、ラウラの元婚約者だったフェリクス・マーラーが公爵邸を訪れたことがあったんだ」

「……っ！」

衝撃的な話を聞かされて、私は驚きのあまり目を見開く。

「彼はバーデン伯爵に頼まれて来たと言っていた。ラウラと復縁するため……いや、あの男の言いなりというべきか。そのことについては、もう解決済みだからラウラは何も心配することはないからな」

「そんな……」

私は彼らの身勝手さに怒りが込み上げてきて、ぎゅっと手を握りしめた。

「腹が立つよな。だけど、安心してくれ。あの男がラウラの前に現れることは二度とないだろう。抗議文を送ったら直ぐに謝罪文が届き、そこにはマーラー家の跡継ぎは弟に決まったと書かれていた。あの男は侯爵家から完全に見限られたようだ。社交界に出ることも二度とないはずだ」

「そう、ですか……」

私はその話を聞いても何とも思わなかった。

フェリクスは、私にとってどうでもいい人間の一人に過ぎなかったのだろう。

「そのことがあって、バーデン家とレオナについても少し調べてみることにした。ラウラは彼女が最後に言っていた台詞が気になっているのだろう?」

「はい……。レオナは私からアルを奪おうとしているのでしょうか……」

私が神妙な面持ちでアルフォンスの顔を見つめていると、彼は小さく笑った。

(あの時のレオナは、アルのことをちらちら見ていたし。それにあの言葉。アルだけは、絶対に奪われたくないっ!)

やっと見つけた私の幸せなのに、それが始まろうとした矢先にこんなことが起こってしまい、私は困惑していた。

「もしそうだとしても、俺はラウラ以外に心惹かれることは絶対にない。心配無用だ」

「……っ」

彼の潔い発言に一度は安堵するが、あとから恥ずかしさが込み上げてきてしまう。

アルフォンスは本当にはっきりと気持ちを伝えてくる。おかげで私も少しすっきりすることができた。

「ラウラが心配しているのは、彼女が『王族の仲間入り』と発言したことだろう？　彼女の狙いは俺じゃない。弟のイザークのほうだ」

予想もしていなかった言葉に、私は驚いた顔を見せる。

「え……？　でも、イザーク様はクリスティン様と婚約なさるのですよね？」

「ああ、そのようだな。だけど、そのことはまだ公には発表されてはいない。レオナは自分が選ばれると本気で思っているようだが」

アルフォンスは続けて「すでに貴族連中にも触れ回っているとのことらしい」と付け加えた。

「………」

私はその話を聞いて、言葉を失った。

レオナは昔から、男は誰でも自分の魅力に落ちるものだと思いこんでいた。

しかし、実際はその逆で、レオナのほうがいいように扱われる側だったのかもしれない。

そんなことにも気付かず、彼女は今も同じことを繰り返している。

なんて愚かで憐れなんだろう。

「イザークにはその報告はしてある。今日王宮で会った時に、策があると話していたから恐らく問題はないだろう」

その時、私は王宮での出来事を思い出した。

手紙の件と言っていたのが、そのことだったのだろう。

イザークにまで妹のことで迷惑をかけてしまい、私は申し訳なさを感じていた。

「レオナのことだから、きっと何か仕かけてくると思います。アル、どうしよう……」

私が狼狽（うろた）えていると、アルフォンスは「問題ない」と静かに答えた。

「イザークは誰にでも愛想良く接しているけど、あれは上辺（うわべ）だけだ。俺がラウラしか見えていないように、イザークもクリスティン嬢しか眼中にないのだろう。だから、ラウラがそんなに気にしなくても平気だと思うぞ」

「妹のことで迷惑ばかりかけてしまい、本当に申し訳ありません」

私が頭を下げようとすると、アルフォンスに止められた。

「今はラウラの妹じゃないだろう？」

「あっ！　そうでした」

私は思い出したように言う。

「ラウラがバーデン家と無関係になったことは、パーティーの時に俺の口から皆に伝える。そうすれば、今後令嬢達から責められることもなくなるはずだ。君はこれからヴァレンシュタイン家の人間になるんだ」

「……っ、本当に何から何までありがとうございます。私のために、いろいろ動いてくれていたのですね」

『ヴァレンシュタイン家の人間』と聞いて私の目からは涙が溢れていた。

アルフォンスは私の涙に気付くと、指でそっと拭ってくれる。

「こんなことで泣くなよ。俺はいつだってラウラの味方だ。当然のことをしたまでだぞ。だけど、黙っていてすまなかった」

私は首を何度も横に振っていた。

こんなにも私のことを大切に思ってくれる人は他にはいないだろう。

彼のおかげで不安だった気持ちも晴れて、楽しいデートを再開した。


私達は街でのデートを満喫したあと、公爵邸に戻ってきた。

「おかえりなさいませ。アルフォンス様にラウラさん」

エントランスに入ると、アルバンを始めとする使用人達が出迎えてくれた。

そしてアルフォンスは使用人達に居間に集まるよう指示する。

「ラウラさん、今日は朝から大変でしたね。お疲れ様です」

「アルバンさん、ありがとうございます。皆さんのおかげでうまくいきました」

私がはにかみながら答えると、アルバンは「それは良かったですね」と喜んでくれた。

この屋敷に来てから、すべてが変わったような気がする。

私のことを大事に思ってくれるアルフォンスに出会えて、こんなにも良い人達に囲まれて。

以前彼が話していた通り、私のことを蔑む者はこの屋敷の中には誰一人としていない。

ここには私の居場所がある。

人の優しさに触れて、私は愛される喜びを知った。

(本当に、ここに来て良かったわ。皆に良くしてもらって私は幸せ者ね)

そんな風に感じていると、急に胸の奥が熱くなる。

「ラウラ、どうして泣きそうな顔をしているんだ？　まだ何もしてないぞ？」

「……っ、アル、ごめんなさい。私、今ものすごく幸せだなって思って……」

居間に移動すると、隣に立っているアルフォンスが私の顔を覗きこんできた。

私の潤んだ瞳を見て、アルフォンスは困った顔をしている。

「今日のラウラは泣いてばかりだな。それに、幸せになるのはこれからだろう？　俺はこんなものではまだ満足していないからな。これからも幸せを感じる度に泣くのか？」

「……っ、泣きませんっ！」

私が慌てて答えると、アルフォンスは小さく笑った。

「別に強がらなくてもいい。俺はラウラの泣き顔も嫌いじゃないよ。辛い顔は見たくはないが、嬉しくて泣いている姿ならいくらだって見ていたいからな」

彼の言葉が殺し文句のように思えて、胸の奥がざわめく。

それは私のすべてを受け入れてくれると言っているように聞こえるからだ。

「これからもずっと、いろいろなラウラの表情を俺に見せて。そのために俺の傍にいてくれ。離れるなんて許さないからな」

「……っ」

アルフォンスは私を真っ直ぐ見つめて、優しい顔で微笑んでいた。

私もドキドキしながらアルフォンスを見つめていると、周囲からの視線を感じて顔をそちらに向ける。

すると集まっていた使用人達が、微笑ましい様子で私達を見守っている。

「ラウラさん、愛されてますねっ！」

ビアンカと目が合うと、彼女はにこにこした顔でそう言った。

その瞬間、顔の奥が燃え上がるように熱に包まれていく。

「……っ!!」

「今頃気付いたのか？　大分前から皆、俺達を見ていたぞ？」

アルフォンスはまるで他人事のように笑っている。

それなら言ってくれれば良かったのに！　と私は心の中で盛大に叫んだ。

「とりあえず皆に報告をしなければな」

アルフォンスはそう呟くと、使用人達のほうへと視線を向けた。

「今日は朝から準備をしてくれたこと、感謝する」

彼は最初に労いの気持ちを口にした。

「もう知っている者も多いとは思うが、俺はラウラと結婚する運びになった。本日王宮に出向き、陛下からの許可も取れた。これから結婚に向けて準備で忙しくなると思うが、これからもよろしく頼む」

アルフォンスの話が終わると、使用人達は笑顔を浮かべながら一斉に拍手をしていた。

私はなんだか恥ずかしくなり、俯いてしまう。

「ラウラからも、何か言いたいことがあれば伝えて構わないぞ？」

「皆さん。今日は朝早くから、本当にいろいろとありがとうございました。私、これからも頑張りますので、よろしくお願いしますっ！」

私は緊張した面持ちで感謝の気持ちを述べると、最後に小さく頭を下げた。

人前で挨拶をするのは苦手だが、ちゃんと伝えることができてほっとする。

「ラウラさんはこれからもメイドとして働くつもりなの？」

ビアンカは不思議そうに問いかけた。

「そのことだが、とりあえず結婚までは今まで通り働いてもらう。それがラウラの希望みたいだからな」

「分かりました、アルフォンス様のお世話はラウラさん専属ってことですね！」

ビアンカがさらりとそう答えると、アルフォンスは「そうだな」と笑っていた。

「ああ、それと帰りに王都に寄って焼き菓子を買ってきた。ラウラが皆に感謝を伝えたいとのことだ」

「アルバンさんが美味しいって言っていたベイクってお店のお菓子です！　あとで皆さんで食べてくださいっ」

私がそう付け加えると、使用人達は嬉しそうな笑顔を浮かべながら「ありがとうございます」と言って喜んでくれた。

「ラウラ、良かったな。皆、喜んでいるようだ」

「はいっ」

一番身近な人達に祝福されることは、本当に嬉しかった。

第五章

それからの日々は、毎日が慌ただしかった。

アルフォンスとの結婚式の日取りなどが決まり、それに必要なものの準備が始まる。二人の寝室となる部屋の家具やカーテン、絨毯などは私が選ぶことになった。

毎日のように屋敷には専任の者が訪れ、私はその対応に当たっている。

(どれも素敵すぎて選ぶのも一苦労ね。それに私のセンスを問われているような気がするから、余計に悩んでしまうわ)

婚約が決まって以降、アルフォンスの私室が私の部屋に変わった。

ビアンカや周りの皆が気を利かせてそう計らってくれたようだ。

大好きな彼と一緒に過ごす時間が増えて嬉しい反面、困っていることもある。

彼は毎晩のように私を抱き潰すため、目覚めたら昼前なんてことも珍しくない。

(アルの体力が羨ましい……)

それだと仕事に支障が出てしまうところだが、いつの間にか私の仕事はアルフォンスの私室の掃除と、お茶係だけになっていた。

最近は来客の対応などが多いので、それらも難しい時はビアンカが代わりにやってくれている。

（本当にビアンカさんには助けられてばかりね）

彼女はいつも私の力になろうと率先して動いてくれる。本当に素敵な先輩だ。

そして、徐々に近づいてくる結婚については、まだそれほど実感は湧いていない。

毎日あっという間に時間が過ぎていき、ゆっくりと考える暇がないからなのだろう。

（私が結婚か……。まだ信じられないわ）

未来を思い浮かべ幸せに浸っていると、トントンと扉を叩く音にハッとして現実に引き戻された。

今日は王宮でイザークの誕生パーティーが開かれる。

レオナが何か仕かけてくると思うと不安を感じてしまうが、アルフォンスはすでに手を打ってあると話していた。

（周りには味方になってくれる人が沢山いて、私だって前より強くなったわ。もう我慢するだけの人生とは決別したのだから、きっと大丈夫よね）

自分の胸に手を当てて大きく深呼吸をすると、私は笑顔を作る。

扉を開くと気合の入ったビアンカが立っていた。

「今日はラウラさんにも、アルフォンス様にも喜んでもらえるように、メイド一同頑張るわ！」

「ビアンカさん、今日はよろしくお願いします」

「歩きながら簡単に説明させてもらうわね。まずは湯浴みをするために浴場に向かうわ。そこで丁寧に体を洗って、全身保湿とマッサージをするの。で、そのあと部屋に移動してメイク、ヘアセット、ドレスに着替えという流れになるわ。一応予定では五時間くらいね」

ビアンカはエプロンのポケットから今日の予定のメモを取り出すと詳細を教えてくれた。

(準備に五時間……。だからこんなに早い時間から始めるのね)

「婚約の報告に行った時よりも時間をかけるんですね」

「当然よ！　だって、今日はラウラさんにとっても大切な日になるのだから」

「大切な日か……。確かにそうね」

「王家が主催したものだから、規模も最大級よ。そうなれば多くの貴族達が集まるわ」

ビアンカの言葉が現実的で、私は思わず苦笑いしてしまう。

また貴族として、社交界に出る日が来るなんて思ってもいなかった。

「今までラウラさんに酷いことをしてきた人達をあっと驚かせて、見返したいじゃない！　私達メイドも、この邸の奥様になられる方を貶めようとする人達は絶対に許せないわっ！」

ビアンカは怒りの感情を表に出すように言い、私は彼女のその姿に胸を打たれた。

(ビアンカさんは、私のために怒ってくれているんだ)

そんな風に思うと、胸の奥でじわじわと熱いものが込み上げてくる。

そしてこんな優しい仕事仲間を持てたことを、私は幸せだと感じた。

「今日のパーティーの主役はイザーク様とクリスティン様だけど、アルフォンス様からもそれに負けないくらい着飾ってくれて構わないと許可をもらっているわ。こんなの、燃えないわけがないわよね？」

ビアンカはにっと挑戦的な笑みを浮かべ、かなりやる気になっているのが伝わってくる。

（本当に力強い味方ね。皆さんの思いに応えるためにも、私が弱気になっていたらだめよね）

私は一人ではないのだと気付くと、自然と不安は薄れていく。しかし、感情が昂っていくと目の奥がじんわりと熱くなり、視界が涙で霞み始める。

「皆ラウラさんの味方よ、絶対に今日は成功させましょう！　それから、泣くのは今だけにしておいてね」

「はいっ……。メイクが崩れてしまうものね」

私は小さく笑いながら涙で濡れた目元を指で擦ろうとすると、ビアンカは慌ててハンカチを取り出してそれで優しく拭いてくれた。

「擦るのもだめよ！」

「ビアンカさん、ありがとう」

彼女の温かい気持ちに触れて、私は笑顔で答えた。

こうして、長い一日が幕を開ける。


数時間後、私は見違えた姿で鏡の前に立っていた。

今回選んだドレスは淡いピンク色で、ふんわりとしたシルエットのものだ。

フリルをふんだんにあしらうことで可憐さを引き出し、またドレスを包みこむように半透明の薄いレースで覆われているため上品さも感じることができる。

そのレースには細かな花の刺繍が丁寧に施されていた。

（私には可愛すぎるかなとは思ったけど、これなら大丈夫そうね）

私は表情を緩ませて、鏡の前でくるっと一周してみた。

マッサージのおかげで血流が良くなったのか、肌はいつも以上に透明感が増している。

だけど綺麗な長い髪を美しく見せることが、貴族令嬢としての嗜みのようなもの。

しかし私はここを訪れる前、生活費に困り腰まであった長い髪をばっさりと切り落としてしまった。

今日は各地から多くの貴族が集まってくるはずだ。

そのため、今回は短い髪が目立たないように髪をアップにしている。

髪飾りは、ドレスに合わせるように同色で花の形をしたものを左サイドに付けてもらった。

「ふふっ、はしゃいでいるラウラさん、すごく可愛らしいわね。早くアルフォンス様に見せにいってあげたら？」

「……っ、皆さん、今日はこんなに素敵に仕上げてくださって、本当にありがとうございますっ！」

ビアンカに声をかけられて我に返ると、私は感謝の気持ちを伝えた。

胸が高鳴って泣きそうな顔をしていると、ビアンカに手を取られる。

「ラウラさん、泣くのは我慢！」

「……は、はいっ」

ビアンカに手を引かれて部屋を出ると、廊下を歩き出した。

私達は長い廊下を抜けて、一階へと続く大きな階段をゆっくりと降りていく。

ビアンカの話ではこの時間、アルフォンスは一階の居間にいるとのことだった。

(今の私の姿を見たら、アルは喜んでくれるかしら……)

そんなことを考え、胸を躍らせながら階段を降りていると、下から「ラウラ」と私の名前を呼ぶ声がして視線をそちらへと向けた。

すると正装を着こなし、前髪を後ろに流していつもよりも大人っぽく見えるアルフォンスの姿が目に入る。

全体的に黒で纏められているが、マントの内側は深紅になっていて、動く度にそれが見えて存在感を与えている。

私はその姿に思わず見惚れてしまう。

「準備、終わったんだな。すごく綺麗だ。ラウラ、こっちにおいで」

アルフォンスは優しく微笑みながら、私のほうに手を差し伸べた。

(今日のアル、すごく素敵。色っぽさがすごいわ!)

普段と違う雰囲気のアルフォンスを見て、私は少し興奮していた。

こんな素敵な相手の隣に立てることが、すごく嬉しい。

「ラウラさん、頑張ってね!」

「ビアンカさん、ありがとうございますっ」

ビアンカは最後に応援するような言葉をかけると、私の手を離した。

私は彼女に向かい一礼すると、階段をゆっくりと降り始める。

普段履かない高いヒールの靴のせいか足元が落ち着かず、俯きながらゆっくりと降りていく。すると、いつの間にかアルフォンスが私の傍に来て手を取ってくれた。

「危なっかしいな、ラウラは」

「……あ、アル」

普段と雰囲気が違うアルフォンスが目の間に立っていて、急にドキドキしてしまう。

動揺していたら階段が一段残っていることに気付かず、体が突然傾いた。

「……っ⁉」

しかし、気付いた時には温かい何かに支えられていた。

「言った傍から転ぼうとするなよ」

「……ご、ごめんなさいっ」

気付けばアルフォンスの腕の中で抱きしめられていた。

「こんなんじゃ今日は俺から離れられないな。こんな綺麗になったラウラを一人にさせる気はないが」

アルフォンスはため息交じりに呟いた。

私はアルフォンスに『綺麗』と言われて、嬉しさと恥ずかしさでいっぱいになる。

(ドレス、褒めてもらえた。やっぱりこれにして良かった)

暫く経ってもアルフォンスは私のことを解放してはくれない。

私もこの温もりがすごく心地良くて、暫く彼に抱きついたままでいた。

何げなく視線を奥に向けると数名の執事の姿が目に入り、羞恥からアルフォンスの胸の中に隠れるように顔を埋めた。

「ラウラはいつまでも俺とくっついていたいのか？　俺としては嬉しいが、時間もそろそろ迫っているから行こうか」

「……っ」

私がハッとして顔を上げると、意地悪そうに見下ろしているアルフォンスと視線が合う。

「馬車の中でなら、甘えても構わないぞ」と耳元で囁かれ、私の頬は火照り始めた。

雰囲気が変わっても、彼が意地悪なのは変わらないようだ。


馬車に乗りこんでから暫（しばら）くすると、膝の上に置いてあった手の甲がふわりと温かくなる。

驚いて視線をアルフォンスのほうに向けると、彼は優しい顔で私のことを見つめていた。

普段以上に艶っぽい雰囲気を見せる彼を前にすると、私の鼓動は高鳴るばかりで落ち着くことができなくなる。

「ラウラは手を触れられただけで顔を赤く染めるのか？」

「……っ、急に触られたから、驚いてしまって」

私がもじもじしながら答えていると、アルフォンスは小さく笑い、ポケットの中から何か小さな箱を取り出した。

「遅くなってしまったが、今日はこれを付けて出席してほしい」

アルフォンスは私の手を裏返すと、その上に持っていた小箱を載せた。

掌にすっぽりと収まるほどの大きさのその箱を眺め中身が何なのか想像すると、胸の奥が高鳴った。

（これって、もしかして……）

「とりあえず、開けてみてくれ」

「はいっ」

私は慌てて答えると、ゆっくりと箱を開ける。

中の台座にはエメラルドが光り輝く指輪があった。

私は暫く（しばら）の間、その美しい宝石に目を奪われ、じっと見つめてしまう。

（この色って、アルの瞳の色に似てる……）

アルフォンスは指輪を取り、私の左手を軽く持ち上げた。

「これは婚約指輪だ。遅くなってごめん。着けてもいいか？」

私は嬉しさから感情が昂（たかぶ）り、泣きそうになりながら何度も頷いた。

「そんなに泣きそうな顔をしないでくれ。これからパーティーに行くんだぞ？　折角のメイクが台無しになる」

「そ、そうですよね。ごめんなさい、嬉しくて、つい……」

「こんなタイミングで渡すことになってしまった俺のせいでもあるか。本当はもっと早くに贈りたかったんだが、いろいろと急だったからな」

彼は少し申し訳なさそうに答えていた。

「結婚指輪はもう少し早く用意するから、楽しみにしていてくれ」

「……っ、はいっ」

アルフォンスは私の薬指に指輪を着けてくれた。それを見て私はまた感激する。

ぴったりと私の指に嵌るのを確認してアルフォンスはどこかほっとしていた。

「アル、ありがとう。私、すごく嬉しいっ」

私が笑顔で答えると、アルフォンスも優しく微笑んでくれた。

「これでラウラは一日中俺のものだってアピールできる」

「……っ」

私が頬を火照らせていると、アルフォンスの顔がゆっくりと迫ってきて唇に柔らかいものが重なった。

「本当に今日のラウラは一段と綺麗だな。その淡いピンク色のドレス、すごく似合っている。だけど、胸元が開きすぎじゃないか？」

「……そうかな」

アルフォンスは不満そうに私の胸元を眺めていた。

「ヒールの高い靴を履いているとはいえ、ラウラはそれ程身長が高いわけじゃないからな。上から見るとラウラの胸の谷間が見えてしまう。これはあとでたっぷりお仕置きが必要だな」

「……っ」

私が慌てているとアルフォンスはおかしそうに笑って「冗談だ」と答えた。

またからかわれたことに少し不満を感じたが、彼とのこういうやり取りは嫌いではない。

「だけど、こんなドレスを着ている以上、目立つだろうな。俺の傍から離れるなよ」

「離れませんっ」

そう答えると、私は彼と指を絡ませるように手を繋いだ。

手を繋ぐぐらい大したことではないのに、私はまだこんなことですらいちいちドキドキしてしまうのだった。


王宮に到着するとパーティー会場である大広間ではなく、控え室へと案内された。

アルフォンスは王族なので、入場順としては最後になる。

私はアルフォンスと並ぶようにソファーに腰かけていた。

この雰囲気に慣れていないせいか、王宮に着いてからはずっとそわそわしっぱなしだ。

「ラウラ、緊張しすぎだ」

アルフォンスは私の様子に気付くと、困ったように笑いながら言った。

「……っ、レオナもこちらに来ているんですよね」

私はどうしても嫌な予感が拭えなかった。

前回、妹は私に挑発ともとれるような発言をしてきた。

あんな台詞を吐くということは、必ず何か騒ぎを起こすに違いない。

一番気がかりなことは、イザークの婚約者の立場を狙っているということだ。

レオナは知らないようだが、彼の婚約は内々ではすでに決まっている。

しかも相手は有力公爵家の令嬢。

どちらに手を出しても、ただでは済まないことは明らかなのだが、先を一切考えずに行動するレオナならやり兼ねない。

もう彼女との縁は切れたが、アルフォンスの身内に迷惑をかけるかもしれないと思うと、なんとも心苦しく思えてしまう。

「さっき小耳に挟んだんだが、彼女は誰よりも早く会場入りしたらしい。ウェディングドレスのようなものを着ていて、会場内で一番目立っているとのことだ」

「………」

私はアルフォンスの言葉を聞いて絶句した。

(ウェディングドレスって……一体何をするつもりなの？)

「彼女は一人で入場したそうだ。恐らく相手が見つからなかったのだろう。バーデン家が傾いているのは周知の事実だからな」

「そうですか。でも、イザーク様に失礼なことをしないか、すごく心配です」

そんな話を聞かされてしまうと、落ち着いてなんていられなくなる。

「心配性だな。折角、綺麗に着飾ったのに、ラウラがそんな顔をしていては台無しだぞ」

彼にそう言われて、確かにその通りだと思った。

私がなんとか笑顔を作ると、アルフォンスは「その顔のほうが断然いいな」と呟いた。

彼のおかげで気持ちを軽くなった気がする。

暫くすると、執事がそろそろ時間だと知らせてくれた。

「ラウラ、時間だそうだ。そろそろ行こうか」

「は、はいっ」

アルフォンスは先に立ち上がると、私の前に手を差し出した。

私は笑顔でその手を取り、歩き出した。会場となるホールへの扉が開かれると、私達は並んでゆっくりと歩を進める。

会場にはすでに沢山の着飾った貴族達が集まっていて、私達が入場すると同時にその視線が一斉にこちらへと向けられ、どこに目を向けたらいいのか分からなくなる。

(すごく見られてる……。ど、どうしよう……！)

「ラウラ、そんなに緊張しなくても大丈夫だ」

「……無理ですっ」

アルフォンスは歩きながら涙目になっている私を見て、優しい声で呟いた。

それに対して私は弱弱しい声で答えることしかできない。

(緊張しない方法を教えてほしい……！)

「こんなに注目されるのはラウラにとっては初めてか。周りをよく見てみろよ。皆ラウラの綺麗な姿にうっとりしているぞ？」

「……っ、ち、違いますっ。アルが素敵だから、見惚れているのかとっ」

ちらりと周囲を窺うと、男女問わず頬を染めている者や、私達を見てなにやら話している姿が目に入ってくる。

「数年ぶりに社交界に現れたラウラが、こんなにも綺麗になっていたら驚くのは当然だ」

「……っ」

「ラウラはもっと自分に自信を持つべきだ。俺はそんなラウラのパートナーになれて、本当に幸せだと思っている。以前この場で一目惚れした相手と、添い遂げられるのだから」

アルフォンスは優しい顔で私のことを見つめていた。

こんなに注目されている状態でそんなことを伝えられてしまうと、私はどうして良いのか分からなくなる。

「これ以上、私をドキドキさせないでくださいっ」

「ラウラが俺に夢中になっていることを、周囲にアピールするには絶好の機会だと思うが？」

恥ずかしさからそう答えると、アルフォンスは意地悪な声で囁き、私の頬は火照っていく。

「もうっ、こんな時にからかわないでくださいっ！」

私はアルフォンスを軽く睨むと視線を逸らす。

すると進行方向に一際目立つ存在を見つけた。

真っ白な純白のドレスに身を包み、頭からは白いレースでできたベールのようなものを着けたレオナと視線が合った。

一瞬、時間が止まったような感覚に陥ったが、私の手を引いてくれているアルフォンスのおかげで、直ぐに現実に戻ることができた。

（本当にウェディングドレスを着ているみたい。どうしてあの子はあんなドレスを選んだのかしら）

レオナの存在を確認すると、私の心は暗くなっていく。

そんな私に気付いたのか、アルフォンスは「大丈夫だ、何も心配はいらない」と落ち着いた声で呟いた。

彼の声に安堵して、私は直ぐに彼女から視線を逸らす。

（何も起こらなければいいのだけど……）

しかし、レオナの視線はずっと私に向けられているような気がして、それが不気味で仕方がなかった。

私達が入場して暫（しばら）くすると、一際大きな歓声が上がった。

それもそのはず、主催者であり、今回の主役のご登場だからだ。

銀色の正装を纏ったイザークと、その隣には魅惑的な紫のドレスを着こなしたクリスティンの姿があった。

（二人とも素敵ね。特にクリスティン様のドレス、すごく個性的というか……）

彼女が身に纏っているドレスは、胸の谷間が見えるほど大きく開いていて、背中なんて殆（ほとん）ど出ている。

そのせいで、周囲の男達は目のやり場に困っている様子だ。

(綺麗な体型のクリスティン様だからこそ着こなせるのね。私には、絶対に無理だわ)

見ているこちらまで恥ずかしくなってしまう。

「あのドレスを選んだのは、恐らくイザークだろうな」

「え？」

「あいつの趣向は少し変わっているんだ。俺には到底理解できないが……。ラウラにはあんなドレスは絶対に着させないからな」

「私だってあんな露出度が多いドレス、恥ずかしくて無理ですっ」

私が困った顔で答えると、アルフォンスは小さく笑った。

「ラウラが恥ずかしがり屋で助かったよ」

「……っ」

アルフォンスは私の耳元で小さく囁いた。

突然のことに私はびくっと体を反応させてしまうと、慌てて耳を押さえる。

「今はいじめるのはやめておくよ。他の男にラウラの照れた姿を見せたくないからな」

彼は愉しそうに話していたが、私の顔はきっとまた真っ赤に染まっているのだろう。

アルフォンスとそんな話をしながら、イザーク達の入場が終わると、彼の挨拶が始まった。

「今日はルセック国の第三王子であるイザーク・ルセックのために集まってくれたこと、感謝します。時間が許す限り楽しんで行ってください。……そして、今日は皆の者へ報告があります。僕は隣にいる女性、クリスティン・デューラー公爵令嬢と正式に婚約をしました」

イザークがそのことを公表した瞬間、辺りは騒然とした。

クリスティンが有力な婚約者候補ではあったものの、このことは一切公にされていなかったからだ。

今日のパーティーに懸けていた令嬢も数多くいたのだろう。

ショックからその場に座りこんでしまう者や、思わず叫んでしまう者などさまざまだった。

「予想はしていたが、割とイザークを狙っていた令嬢は多かったんだな」

「そのようですね」

私はレオナの様子が気になりチラッとそちらを見てみるが、彼女は大人しくその光景を眺めている。

レオナのことだからこの場で癇癪を起こすのではないかと少し心配だったが、今のところその心配はなさそうだ。

「気になるのか？」

「……はい。あんな格好でパーティー会場に乗りこんできたくらいだから、どうなるのかと心配で」

「外には兵士達が待機している。変に騒ぎを起こせば直ぐに捕らえられるはずだ。だからラウラは何も心配することないぞ。それよりも、次は俺達の番だな」

「……っ！」

レオナへの不安ですっかり忘れていたが、私達の婚約発表もこれからだった。

思い出した途端、鼓動がバクバクと騒がしくなってくる。

「ラウラ、そんなに緊張しなくていい。挨拶をするのは俺だ。ラウラは俺の横で立っていてくれるだけでいいよ」

「……はい」

イザークの挨拶が終わり、彼から紹介されることとなった。

「そして今日は僕の兄である、アルフォンス・ルセック・ヴァレンシュタイン公爵からも皆に報告があるそうです」

イザークに名前を呼ばれ中央へと私達は移動した。

「今日は弟の誕生パーティーではあるが、このような時間を設けていただけたことに感謝する。弟イザークの婚約発表に続く形にはなるが、私こと、アルフォンス・ルセック・ヴァレンタインは隣にいるラウラと正式に結婚する運びとなった」

彼は大勢を前にしても、堂々とした態度で挨拶を進めていく。

「ラウラは以前、伯爵家の令嬢であったが、籍を抜かれ貴族から外れた。しかし、私と結婚することによりラウラは公爵夫人となる。今後、バーデン家と関りを持つつもりは一切ない」

これで私はバーデン家とは一切関わりがないことを周囲に伝えることができた。

本当にアルフォンスには感謝している。

(私、もうパーティーで嫌な思いをすることもないんだ……)

そう思うと心からほっとしていた。

「このことについて不満がある者がいれば、今この場で私が聞こう」

アルフォンスは最後に周囲に向けてそう問いかけた。

私はドキドキしながら辺りを見渡してみるが、皆黙っていて反論する者はいないようだ。

何ごともなく終わると思っていた、その時だった。

「あのっ！　ちょっと、よろしいですか？」

突然、沈黙を破るように声を上げたのは他でもないレオナだった。

「お前は、レオナ・バーデンか」

「はい。レオナ・バーデンです！」

レオナは落ち着いた声で受け答えていた。

「私達の婚姻に不満があるのか？」

隣に立つアルフォンスは、レオナを睨みながら鋭い声で問いかけた。

「いいえ！　不満なんてありません。私はお姉さまの結婚を心から喜んでおります。お姉さま、ご結婚おめでとうございますっ！」

レオナは私に視線を向けると、にっこりと笑顔を浮かべた。

私はそんなレオナの態度を見ても、何も返せず戸惑うことしかできない。

「もうお前の姉ではないはずだ。その名で呼ぶのはやめろ。不愉快だ」

「いいえ、籍が抜けても私にとって、お姉さまであることには変わりありません！　アルフォンス様は、私の些細なそんな気持ちすらも、持ってはだめだと仰るのですか？」

レオナは目に涙を溜めて苦しそうな表情を見せていた。

（違う……。あれは演技よ。あの子、泣き真似はうまいから）

「よくそんな白々しい真似ができるな」

アルフォンスは呆れたように、冷めた声で言った。

「酷いですっ！　そんな言い方っ……、ううっ」

レオナはその場に蹲り、大袈裟に泣き始めた。

恐らく、これも演技なのだろう。

可哀そうな妹を演じ、周囲から同情を得ようとしているのだろう。

そして周りを味方につけたところで、一気にこちらを悪者扱いする。

これはいつもレオナが私にしてきた常套手段だ。

周囲のざわめきが大きくなり、それに比例するように私の不安も膨らんでいく。

「どうせ、いつもの嘘泣きだろ」

「いつもの、あれね。もう見飽きたわ」

「よくもこの場所であんな惨めな真似ができるわね」

一人が野次を飛ばしたことで、それが飛び火し、次々とレオナを非難する声が広がっていく。

今回はレオナの思惑通りにはことが進まなかったようだ。

そのことに彼女自身、動揺を隠せない様子だ。

「君……、レオナ・バーデンという名だったかな」

野次に混ざり、一際目立つ声を上げたのはイザークだった。

彼が発言したことで、ざわめきはぴたりと止む。

「イザーク様……。私の名前、知っていてくださったのですね。すごく嬉しい」

「うん。知っているよ。僕の友人にも何人か被害者がいたからね。男を寝取るのが専門の令嬢だって、ね」

レオナが声のトーンを上げて嬉しそうに話すと、イザークは棘のある言葉をにっこりと微笑みながら告げた。

彼の目が決して笑っていないことに気付いたのか、レオナの顔が一気に青ざめていく。

「……っ、誤解ですっ！　私はそんなことなどしてません。信じてください。私はイザーク様のことだけを思っていました」

「よくもそんな白々しい嘘がつけるな。君のその薄っぺらい言葉に簡単に騙された男共には正直呆れ返るよ。容姿も大したことないのに、どうしてこんな子に惹かれるのかが不思議でならないよ。クリスもそう思わない？」

「……はいっ」

突然話題を振られたクリスティンは少し動揺している様子だったが、慌てて頷いた。

「なっ！　その人より、私のほうがずっと可憐だと思いますっ！」

レオナは反射的に不満そうな声を上げた。

「君さ、僕の可愛いクリスを侮辱するつもりなのかな？」

しかし、イザークに冷徹な視線を向けられ、レオナは完全に委縮してしまう。

（すごい……。あのレオナを言い負かすなんて）

アルフォンスでさえも苦戦していた相手を、イザークは容易く黙らせた。

「これでは、折角の楽しいパーティーが台なしになってしまうね。誰か彼女の連れはいないの？」

「……私が」

イザークが周囲に声をかけると、奥から聞き慣れた声が響きレオナの元へと近づいていく。

私はその姿を見た瞬間、驚きから言葉を失ってしまう。

突然のフェリクスの登場に驚きと不安でいっぱいだったが、彼はレオナを連れて直ぐにこの会場から立ち去ってしまい、理由が分からないまま私はただ呆然としていた。

（何がどうなっているの？）

「皆、騒がせてしまって申し訳ないね。だけど彼女はもう二度と皆の前に姿を現すことはないだろう。余計な邪魔が入ってしまったけどパーティーの続きをしようか」

イザークは会場全体に向けてにこっと微笑んだ。

すると貴族達からは拍手が上がった。

泣いて喜ぶ令嬢や、ほっとした表情を見せる者の姿も多い。

（私が思っていた以上に、レオナの被害者は多かったのかも）

イザークの合図で再びホールには賑やかな音楽が流れ、本来のパーティーの雰囲気が戻る。

「ラウラ、大丈夫か？」

「あ……アル、一体どうなっているのでしょうか」

心配そうに顔を覗きこんできたアルフォンスに、私は戸惑いの瞳を向ける。

しかし彼が口を開く前に、横から別の声が聞こえた。

「驚かせてしまったかな。彼の登場は最初から決まっていたこと。まさかこんなにもうまく進むなんて思わなかったけどね。邪魔者もいなくなったことだし、二人もこのあとのパーティーを楽しんでいって」

イザークは何ごともなかったかのように、涼しい表情を浮かべ近づいてくる。

アルフォンスはその話を聞いて、少し腑に落ちないような顔をしていたが、それ以上事情を聞くことはなかった。

「……そうだな。いろいろ聞きたいことはあるが、今日でなくてもいいか。イザーク、感謝する」

「いいよ。僕もそれなりに楽しませてもらったからね。それじゃ、クリスが向こうで一人寂しそうにしているから、僕はこれで失礼させてもらうよ」

私は会話に入るタイミングを逃し、ぽつんと佇んでいると、不意にイザークと視線が合った。

彼がにっこりとした笑顔を向けてきたので、慌てて頭を下げた。

イザークが去ったあと、アルフォンスが私に話しかけてくる。

「レオナがどうなったのか気になるが、とりあえずうまくいったと考えて良さそうだな」

「そうですね」

アルフォンスは後日イザークから何があったのか聞いてみると言っていたので、その時に状況を教えてもらえばいいだろう。

私の不安の原因はこの会場からいなくなったのだから、今は安心してもいいはずだ。

「折角のパーティーだ。気を取り直して、俺達も楽しもう」

「はいっ」

アルフォンスの言葉に納得すると、私は笑顔で答えた。

(挨拶も終わって、レオナもいなくなった。あとは楽しむだけよね)

そんな風に思うと心が軽くなり、自然と私の表情も緩んでいった。

挨拶を終えた私達は、会場の端へと移動していた。

「ラウラ、何か飲むか?」

「ちょうど喉が渇いたなって思っていました」

私はアルフォンスの隣に立っているだけだったが、緊張のせいか喉がカラカラになっていた。

「ここで少し待っていてくれ。何か飲み物を持ってくる」

「アル、ありがとう」

私が答えると、アルフォンスが突然迫ってきた。

「ラウラが俺のものだってことは周知したが、やはりこんなにも胸元が開いたドレスを着ているのだから心配だな」

「……っ」

アルフォンスは不満そうに私の耳元で囁く。

私達のすぐ傍にはパーティーを楽しんでいる人達が多くいるのに、こんな状況で迫られて私はかなり動揺していた。

(周りに人がいるのに、何をするつもりなの?)

「どうした?　そんなに顔を赤く染めて」

「待ってください。周りに人がいます」

私は彼に聞こえる程度の小声で伝えた。

注目されてしまったらと思うと、気が気でなくなる。

「ああ、分かっている。ここにいる人間は、俺達のことよりも話に夢中のようだ。ラウラが大人しくしていたら気付かれない」

「……っ、何をするつもりですか?」

アルフォンスはわずかに口端を上げて意地悪そうな笑みを浮かべたあと、私の首元に唇を押しつけた。

きつく吸われるとチクっとした痛みを一瞬感じたが、今はそれどころではない。

こんな場所で愛撫されたことに背徳感を覚え、鼓動がますます速くなる。

「大人しくできたな、いい子だ」

「……っ」

私は恥ずかしさから顔を真っ赤に染めていた。

「そんな顔をするな。もうこれ以上はしない」

アルフォンスは先程口づけた場所を眺めると、満足そうな顔を浮かべている。

私は慌てて首筋を手で隠すと、不満そうにアルフォンスを睨みつけた。

(こんな場所するなんて……。本当に、意地悪な人)

言葉に出せばきっと余計に意地悪されると思い、私は心の中に留めておくことにした。

「すぐに戻ってくるから、大人しくそこで待っていろよ」

「はいっ」

アルフォンスは優しい声で呟くと、奥に見えるテーブルのほうへと歩いていった。

彼がいなくなったあと、私は賑やかなダンスホールのほうに視線を向ける。

先程からダンスタイムが始まったようだ。

今回のパーティーの主役であるイザークとクリスティンの登場で、周囲からは拍手が鳴り響く。

私も遠巻きから手を叩き、その光景を眺めていた。

(ダンスか……。そういえば、私ダンスって踊ったことあったかしら)

記憶にないので、恐らく誰とも踊ったことがないのだろう。

以前は騒音にしか聞こえなかったこの音楽も、今は私を楽しい気持ちにさせてくれる。

(イザーク様達みたいに、私もアルと一緒にダンスを踊れたら素敵ね……)

私は遠くに見える光景を、羨ましい気持ちで眺めていた。

「ダンス、始まったんだな」

「あ、アル……」

戻ってきたアルフォンスの手には、綺麗な青色の液体が入ったグラスがある。

「綺麗な色」

「ラウラは酒は飲めるか？」

「はい。少しだけなら……」

「それなら良かった。もしラウラが酔っても俺が責任を持って邸まで運んでやるから、安心して飲んでいいぞ」

渡されたグラスに口をつけると、爽やかな酸味と程良い甘さが口の中に広がっていく。

飲みやすさと、喉が渇いていることもあり、ごくごくと飲み干してしまった。

(甘くて美味しい……)

喉の奥が潤うのと同時に、飲んだものがお腹にストンと落ちると、体中がぽかぽかと温かくなっていくのを感じる。

「一気に飲んだのか？　意外とラウラは酒が強いんだな」

「そうかな。喉が渇いていたから……」

私が直ぐに飲み干してしまったせいか「もう一杯飲むか？」と聞かれたので、私は小さく頷いた。

「持ってくるから、またここで大人しく待っていて」

「ありがとう」

彼が離れて暫(しばら)くしたあと、顔の奥が燃えるように熱くなっていくのを感じていた。

（あれ、顔の奥が火照っているような気がする。ダンスが始まって会場が熱気に包まれているから……？）

時間の経過と共に顔の奥だけではなく、じわじわと体中の血液が沸騰するかのように熱は広がっていく。

全身に浸透すると、今度は頭の奥がぼーっとしてきて、ふわふわと浮かんでいるような感覚に足元がふらついてしまう。

「ラウラ、同じもので良かったか？　……って、酔っているのか？」

「あ、アルっ……、なんだか、頭の奥が……ふわふわして、へんなの……」

足元がおぼつかない様子でふらふら揺れていると、彼に体を支えられた。

「ラウラって、相当酒が弱いんじゃないか？　さっきは飲んだ直後だったから反応が出ていなかっただけか」

「……そんなこと、ないっ」

強がってそう答えると、アルフォンスは呆れたように苦笑していた。

足元はふらふらするけど、体がぽかぽかしていてすごく気持ちがいい。

「そんな顔で言われても説得力の欠片もないぞ」

「アル、喉、渇いた……」

体が火照っているせいか再び喉の渇きを感じて、アルフォンスが手に持っているグラスに手を伸ばそうとするも遠ざけられてしまう。

「これはだめだ。水をもらうから、一緒に行こう」

「……っ」

先程飲んだ綺麗な色のお酒が美味しかったので、もう一杯口にしたくて物欲しそうな目でグラスを眺めていた。

「そんな目をしてもだめだからな」

「意地悪っ！」

私はむっとした顔で不満そうにアルフォンスを見つめた。

「……その顔、堪らないな」

「……？」

彼の瞳が一瞬、熱を孕んだように見えた。

「とにかく水を飲んだら、少し外で酔いを醒まそう。体がふらふらして歩きにくいのなら、俺の腕に掴まっていいから。……まさかラウラがこんなにも酒に弱いとは知らなかった。といっても、飲んでいる姿は一度も見たことはなかったが」

私は彼の腕にぎゅっと抱きつくように掴まる。

歩く度に眩暈がして、掴まっていないと転んでしまいそうな気がしたからだ。

「さっきのお酒、すごく美味しかったです」

「美味かったのなら何よりだが、ここではこれ以上は飲ませられないからな。邸に帰ったら用意してやるから、今は我慢してくれ」

私はアルフォンスの言葉に納得するように頷いた。

彼は奥にいた使用人に話しかけると、水を用意してもらい私に手渡してくれた。

「ラウラ、ゆっくりでいいから飲んで」

「ありがとうございますっ」

手渡されたグラスに口をつけると、ゆっくりと喉に流しこんでいく。

冷たい水が喉を通っていくと、熱がすーっと引いていくような気がして、爽快感に自然と表情が緩んだ。

体が落ち着くと、再び賑やかな音楽に耳を傾ける。

そして、アルフォンスとダンスを踊りたいという気持ちが募っていく。

「水を飲んだらすっきりできたので、もう大丈夫ですっ」

「そんな顔で大丈夫だと言われてもな。少し外に行こう」

「で、でもっ……」

私が戸惑っているとアルフォンスに腕を掴まれ扉がある方向へと歩かされる。

アルフォンスに『ダンスを一緒に踊りたい』とは言えなかった。

嗜み程度にダンスレッスンを受けたことはあったが、それは大分昔の話だ。

うまく踊れる自信はない。

それでも楽しそうな雰囲気の中、身を寄せながら幸せそうに踊る者達の姿を見ていたら羨ましく思ってしまった。

綺麗に着飾ったドレスを着て、大好きなアルフォンスにリードしてもらいながら踊ったらどんなに楽しいのだろうか。


私達は中庭のほうへと移動していた。

会場からは少し離れた場所であるが、外灯が周りにいくつかあるおかげで大分明るく感じる。

夜風が頬を撫でると少しひんやりとして、火照った体には心地良く感じた。

「そこに椅子があるな。座ろうか」

「はい」

彼に促されて、私達は肩を並べるように椅子に腰かけた。

（どうしよう……。急に二人きりになってしまって、変に緊張してしまうわ）

騒がしい空間から静かで落ち着いた場所に移動すれば、普段ならばきっと心が休まるのだろう。

しかし今の私はそうはならなかった。

急に静かな場所で二人きりになり会話も止まっている状態だと、急かされているわけではないが何か喋らないと、と気持ちが焦ってしまう。

「あ、あのっ……」

「どうした？」

私が慌てて声をかけると、アルフォンスは優しい表情を向けてくる。

その顔を見ていたら、急にドキドキしてしまい、何を話そうとしていたか忘れてしまった。

（私、何でこんなに動揺しているの……）

普段と雰囲気が違うアルフォンスが傍にいて、外灯がまるでスポットライトのようにアルフォンスを照らしている。

そしてここには私達二人だけしかいない。

私が過剰に意識しているだけなのだとは思うが、一度鳴り始めた鼓動はそう簡単には収まらない。

私が言葉に詰まり黙っていると、アルフォンスの手が私の顔のほうへと伸びてきて頬に触れる。

「まだ大分熱いな。その熱、俺にも分けてくれ」

「え……？」

私が戸惑いの瞳でアルフォンスを捉えていると、彼はふっと小さく笑い、それから間もなくして唇にそっと柔らかいものが重なった。

「唇も、火照っているようだな」

「……んっ」

アルフォンスはちゅっと音を立てながら、啄むようなキスを繰り返していく。

ここが外であることに気付くと、急に恥ずかしくなりアルフォンスの胸を押し返した。

普段よりも腕に力が入らないのは、お酒のせいなのだろうか。

「そんな弱弱しい力で抵抗しているつもりか？」

「アルっ、ここは外です。誰かに見られるかも……」

私は辺りを警戒するように見渡したが、人の気配は今のところはなさそうだ。

だけど、今後来るかもしれないことを思うと安心はできない。

「周りには誰もいない。もし誰かいたとしても、薄暗いからラウラだとは分からないんじゃないか？」

「無理ですっ、誰かに見られるとかっ、そんなこと……っ」

私が言い返そうとしていると、途中で再び唇が塞がれた。

「俺のせいでラウラを酔わせてしまったから。せめて、この熱くらいは奪わせてくれ」

「んっ、……はぁっ」

アルフォンスの唇が重なる度に、体の奥が熱くなっていくのを感じる。

唇から伝わってくるアルフォンスの熱はとても心地が良い。

そう思うともっと欲しいという気持ちが強くなり、気付けばアルフォンスの首に腕を絡めていた。

唇がゆっくりと離されると、私はもっとしてほしいと懇願するかのように熱の籠もった視線を送る。

「さっきまでは嫌がっていたのに、今はそんなにとろんとした顔で、俺の首にまで手を回して。満足できなかったか？」

「……っ」

アルフォンスに心の中を見透かされると急に恥ずかしくなり、私は思わず視線を逸らしてしまう。

すると「目を逸らすな」と言われ、困った顔で再びアルフォンスに視線を戻した。

「顔が赤いのは酔いのせいか？　それとも照れているのか？」

「……両方です」

私の答えにアルフォンスは「そうか、両方か」とおかしそうに、そして満足そうに笑っていた。

気付いているのにわざわざ聞いてくるアルフォンスは意地悪だと思うが、そんなところも嫌いではない。

意地悪されて喜んでしまうなんて、私はおかしくなってしまったのだろうか。

「酔いを醒ますために外に来たはずなのに、これでは逆効果だな」

「仕かけてきたのはアルです」

私は思わず、ぼそりと呟いてしまった。

「くくっ、そうだな。ラウラがあまりにも可愛い顔をしていたから触りたくなった。それに、そんなに色っぽい表情を他の男には見せたくないって気持ちもあったからな」

「……っ」

アルフォンスは突然笑い出すと、すっと掌を伸ばし私の頬に添えた。

真っ直ぐに見つめられた状態で、そんな風に言われてしまうと胸の鼓動がさらに加速する。

(まるで、独占したいって言われているみたい)

「随分と照れた顔をしているように見えるが、半分は酔いのせいもあるせいか。だけど、ダンスがしたいのなら、その酔いは早く醒まさないとな。さすがにふらついた状態ではうまく踊れないと思うぞ」

「……っ！　どうして、私がダンスをしたいって分かったのですか？」

私はダンスを踊りたいなんて一言も口にしていない。

「あんなに羨ましそうに見ていたら、言われなくても直ぐに分かる。ラウラってわりと顔に出るタイプだよな。踊りたいのならば、踊りたいと、そう言ってくれて構わないんだぞ」

「……私、今までダンスの経験がないから。うまく踊れるか自信がなくて」

私の弱気な言葉にアルフォンスはふっと小さく笑って「そんなことか」と呟いた。

「ラウラがそんなにダンスに興味があるとは知らなかった。酔いはどうだ？　少しは醒めてきたか？」

「はいっ！　さっきと比べると大分良くなった気がします。私、もう大丈夫です！」

私は彼の言葉に期待して、慌てるように答えた。

(私、アルと一緒に踊れるの？　どうしよう、嬉しい)

私は胸元に手を当ててその興奮を抑えようとした。

「まだ頬はこんなに熱いのに？」

「こ、これはっ……」

頬が熱いことを指摘され私が戸惑っていると、アルフォンスは椅子から立ち上がった。

そして私の目の前にスッと手を差し出してきた。

「……アル？」

「ここにいてもかすかに音楽は聞こえるな。ラウラが躍っている姿を見るのは俺だけになってしまうが、ここで踊ってみるか？」

その言葉に胸の奥が熱くなる。

そして笑顔を浮かべるとアルフォンスの手を取り、椅子から立ち上がった。

アルフォンスは私の右手を握り、もう片方の手は腰の辺りに添えるように置く。

その距離は思った以上に近くて、緊張してしまう。

「ラウラ、空いた片手は俺の肩に乗せて」

「は、はいっ」

私は慌ててアルフォンスの肩に手を添えると、視線を上げた。

「顔が赤いのは酔っているだけではないのだろう？」

「……っ、ダンスってこんなにも距離が近いのだと思って」

正直に答えると、アルフォンスは私の腰を引き寄せ、さらに距離が近くなる。

「……っ⁉」

「そんな可愛い態度を見せられるとなんだか無性にいじめたくなるが、今はダンスだったな。俺が動くからラウラは俺に合わせるように足を動して」

私が頷くと、ゆっくりとアルフォンスは足を移動させていく。

私は拍遅れてぎこちなく動いていた。

つい足元ばかりが気になってしまい下ばかり見ていると、アルフォンスに「視線は俺に向けて」と言われ顔を上げた。

私が戸惑った顔をしていると、アルフォンスは小さく笑う。

「俺の足ならいくらでも踏んでも構わないぞ。だからそんなに不安そうな顔はしなくていい。ラウラは楽しむことだけを考えていればいいよ」

「……はい。アル、ありがとう」

アルフォンスの言葉を聞くと不安が薄れていき、心が軽くなった。

(そうよね。折角アルと二人きりでダンスを踊れるのだから。今は楽しまないと！)

強張っていた体からは緊張が抜け、私の足取りも軽くなっていく。

それと同時に私の顔には笑顔が戻り、いつしか楽しんでダンスを踊っていた。

そんな私の姿を見て、アルフォンスも満足そうに微笑んでいる。

「良い表情だ。大分慣れてきたようだな」

「はいっ、アルのおかげです！」

私達は暫(しばら)くの間、二人だけのダンスを楽しんだ。

周りから見たら決してうまくは踊れていないのかもしれないが、とても楽しいひと時を過ごすことができた。

私の願いを聞き入れてくれたアルフォンスには感謝している。

「大分動いたから酔いも醒めてきたみたいだな。一旦、会場に戻るか」

「そうですね」

私達は会場へと戻っていった。

パーティーは夜が深まったあとも賑やかに続き、私達はその雰囲気を存分に楽しんだ。

普段味わえない非日常の世界で、一夜の楽しいひと時を過ごすことができた。

心から楽しいと思えたパーティーはこれが初めてだった気がする。

きっと今日の出来事を私は一生忘れないだろう。


屋敷に戻ってくる頃には夜はさらに深まり、私達の帰りを数名の使用人達が出迎えてくれた。

いろいろ話したいことはあったが、今日はもう遅いので明日にして、寝室へと向かう。

すると寝室の中に足を踏み入れた瞬間、突然アルフォンスに横向きに抱きかかえられた。

「……っ、アル⁉」

「もう限界だ。早くラウラを抱きたい」

アルフォンスは熱っぽい瞳で私を捉えた。

戸惑っている間にベッドへと連れていかれて、あっという間に組み敷かれてしまう。

「今日のラウラはあの会場の中で誰よりも綺麗で、周りの男達の視線が君に向く度に俺は嫉妬していたよ」

「お、大袈裟です。それをいうなら、アルだって……」

「ラウラも嫉妬していてくれたのか？　それは嬉しいな」

「……っ、んぅ」

アルフォンスは満足そうに口端を上げると、そのまま私の唇を奪っていった。

彼の唇からはいつも以上に熱を感じ、どれほど私のことを求めているのかが伝わってくるようだ。

何度も角度を変えて啄（ついば）むようなキスを繰り返し、吐息に熱が籠もり始める。

「ラウラ、口を開けろ。深く口づけたい」

「……んんっ」

私が唇を薄く開くと、待っていたといわんばかりにアルフォンスの熱い舌が入りこんでくる。

絡め合うように舌同士が重なり、時折深く根元まで吸われ息苦しさからくぐもった声をもらしてしまう。

頭の奥が熱でおかしくなったかのように、働かなくなる。

何も考えられなくなってしまうが、彼を感じているので心は穏やかだった。

「ラウラの熱に酔ってしまいそうだ」

「はぁっ……、んんっ」

漸（ようや）く唇を解放されると、私はとろんとした瞳で彼のことを見つめていた。

「随分と蕩けた顔になったな」

「はぁっ、はぁっ……」

キスだけしかしていないのに、もう心も体もとろとろに溶けてしまったような気分だ。

「ラウラ、折角の綺麗なドレスだが脱がせるぞ」

「はい」

アルフォンスは少し名残惜しそうに呟くと、ゆっくりと私の体を起こしてくれた。

ドレスを脱がされながら、時折アルフォンスの指先が私の肌に触れると、私は体を小さく震わせてしまう。

気持ちが昂（たかぶ）っているせいか、感覚も研ぎ澄まされているのだろう。

そんな私の反応を見ているアルフォンスは愉しそうだ。

「今日のラウラはいつにも増して敏感だな」

「そんなことはないです」

羞恥を感じ、ついそう答えてしまったが、自分でも普段よりも体が敏感になっていることには気付いていた。

「俺の指が少し触れるだけで、小刻みに体を震わせているのに？」

「……っ、はぁっ……それはっ」

アルフォンスは私の首筋に指を滑らせていく。

それだけで私の口端からは熱の籠もった吐息がもれてしまう。

「これから、俺にされることを期待しているくせに」

「……アルっ」

挑発的な態度をとられ、私は懇願するかのような切ない瞳をアルフォンスに向けていた。

今は焦らさないでほしいとお願いするかのように。

「そんな顔をするなよ。ラウラが満足するまで、何度だって愛してやる」

「はいっ」

欲しかった言葉を与えられて、私は小さく頷いた。

『愛』という言葉を彼の口から伝えられると、私は簡単に笑顔を浮かべてしまう。

今まで知らなかった感情でもあり、彼に教えてもらった幸せになれる言葉。

「そんなに嬉しそうに微笑んで、ラウラは俺を喜ばせるのがうまくなったな。だけど、今俺を煽っていいのか？　激しくしてしまいそうだ」

「構いません。激しくしてほしい……。沢山アルを感じたいからっ。だめ、ですか？」

感情が昂っているせいか、私はつい本音を口にしてしまう。

アルフォンスは一瞬驚いた顔を見せたが、小さく息を吐くと「分かった」とどこか嬉しそうに答えた。

私達はお互い生まれたままの姿になり、肌をぴったりと重ねる。

彼の唇が私の肌に吸いつき、何度もキスを落としていく。

その度に体が火照り、私の肌にはまた一つ彼のものである証が増えていく。

（熱い……、溶けてしまいそう）

「はぁっ……、んっ」

不意にアルフォンスと視線が合うと、熱を帯びたその瞳の奥には欲望が孕んでいるように見えてゾクッと体が震える。

それでも求められていると思うと喜びを感じてしまう。

「ラウラ、俺の首に掴まって」

「はいっ……」

突然彼にそう言われて、私は戸惑いながらもそれに従った。

すると彼の膝の上に向き合うように座らされる。

「少し腰を上げられるか？」

「はい……、ぁっ、やぁっ……」

私が腰を浮かすと、彼は熱くなった私の中心に硬く滾った塊を押しつけてきた。

先端で蜜口を探るように擦られ、ぞわぞわと快感が駆け上がっていく。

「良い声だ。それにこの体勢だと、ラウラの乱れている姿を目の前で見られる」

「み、見ないでくださいっ……。恥ずかしいっ……んぅ」

私は至近距離で彼に見つめられていることに恥ずかしくなり、目を逸らしてしまう。

すると、彼は隙を突いて私の耳元に顔を寄せ、輪郭を舌先でなぞり始めた。

「いやっ、耳は、だめっ……ぁっ」

「知ってる。ラウラは耳が弱点なことはな。だからいじめているんだ。目を逸らした罰、ということにでもしておこうか」

彼は愉しそうに笑っているが、私だけが余裕がなくてなんだか悔しく思えてくる。

「アルばかりっ、ずるい……」

「ずるいか。それならば、今日はラウラに主導権をやる。だから自分で挿れて、好きに動くといい」

「……っ、分かり、ました」

もしかしたら彼の余裕を奪えるかもしれないと思い、私は覚悟を決めた。

「……はぁっ、んっ……ぁっ」

彼の熱杭を軽く握り、ゆっくりと蜜口の中へと埋めていく。

先端が埋まっていく度に、内壁を擦られぞわぞわとした快感に体が震えてしまう。

その間も、彼はじっと私の顔を見つめていて落ち着くことができない。

私が羞恥に耐え切れなくなり目を閉じてしまうと、突然彼に腰を引き寄せられた。

「え？　……っひ、ぁああっ!!」

お腹の奥に強い衝撃を感じ、私は甲高い声を上げてしまう。

「目を逸らすのはだめだと、さっき言ったばかりだ」

「……っ、忘れてました。見つめられるのが恥ずかしくて……」

私がそう返すと、アルフォンスは「可愛いな」と呟いた。

「ラウラ、そのまま自分で動いて」

「はいっ……」

普段の私なら恥ずかしがって戸惑っていたかもしれないが、今は頭の奥が熱でおかしくなっているから素直にアルフォンスの言葉に従った。

ゆっくりと腰を浮かせて揺らしていくと、甘い快感に再び包まれていく。

（気持ちいいっ……アルの熱に溶けてしまいそう）

「一生懸命腰を振って、気持ち良さそうに蕩けていく姿、本当に堪らないな」

「はぁっ、あまり、顔は見ないでっ……」

私はとろんとした瞳で、アルフォンスの目を見つめながら動き続ける。

快楽に溺れてしまえば羞恥もどこかに消えてしまい、本能だけでアルフォンスを求めていた。

「ラウラがもっと感じられるように、ここ弄ってやるよ」

「……ぁあっ、やっ、そこ、だめっ……!!」

アルフォンスは己の指に愛液を絡ませ、それを膨れ上がった私の蕾に押しつけた。すると鋭い快感が全身に走る。

（それだめっ、きちゃう……！）

私が体を反らして逃げようとすると、お仕置きといわんばかりに敏感な蕾を指で摘まれ、さらに強い刺激を与えられる。

「逃げるなんて許した覚えはないぞ？」

「それ、本当にだめっ……ぁあっ……っ!!」

アルフォンスは私の腰をがっちりと掴み逃げ場を奪ったあと、耳元に唇を寄せ低い声で囁いた。

その声にぞくりと鳥肌が立つ。

「逃がすつもりはないが、ラウラには余裕がありそうだから俺も下から突いてやろう。また沢山果てような」

「……ぁっ、はぁっ……、ぁああっ、んっ！　だ、めっ……っ!!」

アルフォンスは不敵な笑みを浮かべると、下から激しく腰を突き上げる。

すると最奥まで届き、私の声は高い嬌声へと変わっていく。

(奥に当たってる……)

「良い締めつけだ。そんなに善がっておいて、だめではないだろう?」

「ぁああっ! アルっ、そんなに激しくしたら、直ぐにっ……っ!!」

私は唇を震わせながら答えるも、途中ですぐに果ててしまう。

「また奥に沢山出してほしいのか?」

「はぁっ、アル……、奥に、出してっ……。アルの、もっと欲しいっ……」

「簡単に音を上げるなよ」

「ぁああっ……! はぁっ、奥に当たって……ぁああっ!」

アルフォンスは私の顔をじっと見つめながら、激しく腰を突き上げ始めた。

強い快感が一気に体を駆け上がり、息をするのも忘れてしまいそうになる。

じんわりと目の奥から涙が滲み、顔も体も頭の奥でさえも高まっていく熱に溶かされてしまいそうになる。

私がいくら体を震わせても涙を滲ませても、アルフォンスの動きは緩まることはない。

今まで何度も同じ目に遭わされているから分かる。

アルフォンスは私が快楽に溺れ始めると、絶対に優しくはしてくれない。

私がそれを望んでいると、知っているから。

優しい刺激だけではもう満足なんてできなくなっていた。

「ああ、そうだな。ラウラは激しくされたいと言っていたからな。その願いを叶えてやらないと」

「ぁああっ……！　熱いっ……だめっ、もうっ……ぁあああっ!!」

私は悲鳴にも似た声を響かせ、深い絶頂を迎えた。

アルフォンスはそんな私の姿を満足そうに眺め、さらに速度を上げて奥を貫いて行く。

先程よりも欲望を滾らせた熱杭で、躊躇することなく抉るように何度も責め立てる。

私は彼の欲望をぎゅうぎゅうと締めつけ、逃げられないと分かっているのに腰を浮かせてしまう。

「逃がさない」

アルフォンスはわずかに目を細めると、私の腰を掴み引き戻した。

「……ぁあああっ、おかしく……なるっ……!!」

「ああ、好きなだけおかしくなっていい」

意識が飛びそうになるほどの快感を与えられ、頭の奥が真っ白になる。

「アルっ、……いやっ、もうだめっ」

「もう限界か？　中は嬉しそうに俺のことをきつく抱きしめているのにな」

私は掴まっている手が離れないように、ぎゅっと力を込めた。

「ラウラ、愛している。俺にはラウラだけだ。だから、俺のすべてを受け止めてくれ」

「……っ、ぁああっ……っっ!!」

アルフォンスは最後に切なそうな声で『愛してる』と言ってくれた。

その言葉を聞いた瞬間、嬉しくて胸の奥が温かくなる。

だけどそれと同時に頭の奥が真っ白になり、すーっと意識が深いところへと落ちていくのを感じた。

全身から力が抜けて、とても心地が良い。

私はアルフォンスの腕の中で、ゆっくりと意識を手放していった。

それからさらに半年が経ちあと三日もすれば私は本当の意味でアルフォンスのものになる。

私にも信頼できる家族ができるのだ。

そう思うと、待ち遠しくて堪らない気持ちになる。

(アルと本当に家族になれるのね。絶対に素敵な家庭を作ってみせるわ)

私は胸に手を当てて、そう強く願う。

アルフォンスとの幸せな未来は容易に想像できた。

それは、普段から彼が愛情を示してくれるからなのだろう。

いつも私のことを一番に考えてくれて、傍にいてくれる。

私に不安になる隙を与えない。

私はそんなアルフォンスのことが本当に大好きだ。

一生彼の傍にいて、支えられる存在になりたい。

(メイドとして働くのは、今日で最後か……)

私はそんなことを考えながら、いつも以上に熱心に掃除をしていた。

「このメイド服も、もう着なくなってしまうのね。少し寂しいわ」

私は独り言をぽつりともらした。

「ラウラさんはメイド服がお気に入りなのね」

「……っ!?」

考えごとをしていたせいで、ビアンカの存在に全く気付かなかった。

（び、びっくりした！）

「ビ、ビアンカさんっ……、どうされたんですか？」

「もうすぐお茶の時間でしょ？　今日は少し早めに来てほしいって、アルフォンス様から伝言を預かってきたの」

「分かりました。伝言ありがとうございます」

「ラウラさんもついに結婚か。いいなー。三日後には奥様って呼ぶのよね」

ビアンカは羨ましそうに目を輝かせながら話していた。

私は『奥様』という呼び方に違和感を抱き苦笑する。

邸内にいる皆とは今までの距離感のままでいたいと思っているが、その辺はしっかりと線引きをしておいたほうがいいのだろうか。

（結婚後はアルが恥をかかないように、私もしっかりと貴族らしい行動を心がけなければいけないわね）

私は元伯爵令嬢だが貴族のルールには疎かった。

アルフォンスを支えられる存在になるまでには、時間がかかりそうだ。

「奥様、さあ参りましょうか！　旦那様がお待ちですよ」

「……っ」

突然、奥様だなんて呼ばれるとなんだか緊張してしまう。

しかもビアンカはすごく楽しそうだ。

「ラウラさん、表情が硬いわ」

「もうっ、からかわないでくださいっ！」

ビアンカはクスクスと楽しそうに笑っていて最初は戸惑ってしまったが、彼女の雰囲気に呑まれて私も一緒に笑っていた。

「その呼び方にも、慣れなければならないのよね」

「そうね。呼び方なんて、そのうち慣れるわ。ここにいる人間は皆ラウラさんがどんな人か分かっているわ。呼び方が変わったからといって、中身が変わるわけじゃないんだし、そんなに気にすることでもないんじゃない？」

彼女の言う通りだ。

ビアンカのおかげで安心することができて、強張っていた顔の筋肉も徐々に解れていった。

「そうよね。私はこれからも変わらない」

結婚が近づくにつれて、不安も大きくなっていく。

アルフォンスと家族になれることは嬉しいけど、公爵夫人になる自信がどうしても持てなかった。

彼の求婚を受け入れた時、確かに覚悟は決めたはずなのに。

だけど彼女の言葉を聞いて、気付かされた。

（公爵夫人になったとしても私は何も変わらない）

そんな風に思うと、前に踏み出せるような気がした。

「良い表情に変わったわね。それでいいと思うわ。廊下に給仕用カートを準備しておいたから、早く行ってあげて」

「ありがとうございます。これが最後の掃除になるので……」

「分かっているわ。ここの仕上げはラウラさんにお願いするわね」

彼女の言葉を聞くと、私は嬉しそうに頷いた。

（ビアンカさんは本当に優しい先輩だったわ。アルと結婚したあとも、今のままの関係でいたいな）

一度掃除を切り上げると、彼女が用意してくれた給仕用カートを押して執務室へと向かう。

部屋の前に立つと、トントンと扉をノックした。

「ラウラです、お茶をお持ちしました」

暫（しばら）くすると、部屋の奥から「入って」とアルフォンスの声が響き、扉を開けた。

「失礼します」

メイドとしてアルフォンスにお茶を運ぶのも、これが最後になる。

そう思うと、少し寂しい気持ちを感じてしまう。

室内に視線を巡らせると、アルフォンスの他にアルバンの姿もあった。

「アルバンさんもこちらにいらっしゃったのですね」

「少しアルフォンス様とお話がありまして」

アルバンはいつもと変わらない柔らかい口調で話していた。

(もしかして、お話の邪魔をしてしまったかしら？　だけど、ビアンカさんから伝言を聞いてきたわけだし……)

私が戸惑いながら立ち尽くしていると、アルフォンスがそれに気付き声をかけてきた。

「ラウラ、俺の隣においで」

「はい。その前にお茶の準備をしますね」

アルフォンスに声をかけられると、持って来たカートをテーブルの前まで移動した。

「そういえば、今日でメイドの業務も終わりだったな」

「ラウラさんはメイドとして大分立派になりましたね」

二人の言葉から本当に終わりなんだと実感して、急に胸の奥が締めつけられるように苦しくなる。

「ご、ごめんなさいっ。最後だと思っていたら、なんだか寂しく感じてしまって」

私が思わず涙を見せてしまうと、二人は少し困った表情で顔を見合わせていた。

(こんな時に泣いてしまうなんて、私ってだめね)

「ラウラはいつも楽しそうに掃除をしていて、本当にこの仕事が好きなんだと見る度に感じていた」

「はいっ！　最初はうまくやれるのかすごく不安でしたが、与えられた仕事を覚えて、アルに、アルフォンス様に褒めてもらえるのが嬉しかった」

誰かに期待されていると思うことが、私の原動力に繋がっていたのだろう。

私のしたことが、何かの役に立っていると思うことが嬉しかった。

(こんな気持ちを持てたから、私は心から笑えるようになれたのかもしれないわ)

目に見える形で報酬を受け取ると『頑張ったな、私』と自分自身を褒めて、また次も頑張ろうと気持ちを奮い立たせることができた。

大袈裟かもしれないけど、今まで何に対しても諦めていた私の人生を大きく変えた出来事なのは間違いないだろう。

「ラウラから大切なものを奪ってしまうのは可哀そうだな」

「これからは公爵夫人として、恥ずかしくないように一生懸命頑張ります」

私は覚悟を決め、はっきりとした口調で答えた。

「ラウラさんは本当に頑張り屋さんですね」

「ああ、違いない。そんなラウラだからこそ、俺は惚れたんだ」

アルフォンスはアルバンの言葉に納得すると、私のほうをじっと見つめてそう呟いた。

(アルバンさんがいるのに、惚れたなんて言わないでっ……。恥ずかしいわ)

「結婚したあとも、ラウラがメイドを続けたければそれで構わない。今まで通りとはいかないだろうが、ラウラから大切なものを奪ってしまうのは忍びないからな」

彼の思いがけない言葉に、私は困惑する。

（え？　それって……！）

「それにラウラの淹れたお茶は本当に美味しいんだ。俺の楽しみでもある。正直なところ、それを奪われると俺も困る」

「……っ」

アルフォンスは優しい顔で私のことを見つめると、少し冗談交じりに言った。

「えっと、あの……。私、メイドを辞めなくてもいいのですか？」

「ああ、今伝えたことは本当だ。ラウラがやりたいのならば俺は止めないよ」

（嘘……。私、このままメイドを続けていていいの？　どうしよう、すごく嬉しい）

状況が呑みこめると、嬉しさから自然と笑みが零れてきてしまう。

「だけど、ラウラも分かっているとは思うが、俺と結婚をしたらヴァレンシュタイン家の人間になる。煩わしいが、貴族の集まりなどにも参加してもらうことになる。ラウラは元伯爵令嬢だから、そこまで大変にはならないとは思うが、作法なども少し覚えてもらうことになるな」

「わ、私、精一杯頑張りますっ！」

私は今の感情に乗せるように、力強く答えてしまう。

するとアルフォンスは「頼もしい返事だな」と満足そうに笑って言った。

「作法については私を始めとする執事のほうで教えます。ラウラさんも知っている人間のほうが楽な気持ちで臨めると思いますので」

「ありがとうございます、よろしくお願いします！」

（アルバンさんに教えてもらうのなら、楽しくやれそうね）

和やかな雰囲気の中、お茶の準備ができると私はアルフォンスの隣に腰かけた。

するとアルフォンスは私のほうに視線を向けて「ラウラに話がある」と改まったように呟いた。

優しい表情ではあったが、どこか真剣に見えて、特別な話でもされるのだろうかと少しだけドキドキする。

「これから話すことは、一度きりしか言わない。だから、少しだけ我慢して聞いてくれるか？」

「はい……」

前置きを聞いただけだが、良くないことであることはなんとなく想像がついた。

不安が顔に出てしまっていたのかアルフォンスは私の手に触れてきた。

「ラウラは、ランドルフ・バーデンに会いたいか？」

一瞬、頭の中が真っ白になった。

その名前は二度と聞きたくない、父の名前だったからだ。

「……会いたく、ありません」

アルフォンスの体温を感じるとハッと我に返り、私は震えた声で答えた。

「すまない。嫌な話をしたな。金輪際、この話はもうラウラの前ではしないから、そんなに怯えた顔をしないでくれ」

彼は申し訳なさそうに謝ると、私の頬に触れて優しく撫でてくれた。

（きっと私のためを思って聞いてくれたのね。アル、ありがとう……）

その気持ちがなんとなく分かってくると、私の気持ちは落ち着いていく。

「それとイザークの誕生パーティーでの真相なのだが、それも聞きたくはないか？」

「レオナのこと、ですよね」

私が戸惑った顔で聞き返すと、アルフォンスは「そうだ」と答えた。

レオナがどうなったのかは正直気になっている。

また街でばったり出くわす可能性だってあるかもしれないからだ。

（私自身が安心するためにも、レオナのことだけは聞いておこう）

私はそう決心すると「教えてください」と静かに言った。

アルフォンスは私が頷くとは思っていなかったのか、少し驚いた顔を見せていた。

「無理をしていないか？」

「大丈夫です。これは私のためでもあるんです。もうあの子にこれ以上人生を振り回されたくないから。だから聞かせてください」

私の強い意思を理解してくれたのかアルフォンスは「分かった」と頷いた。

「あのパーティーの時、イザークが言っていた話を覚えているか？　フェリクスをあの場に呼んだのは他でもないイザーク本人だと」

「はい、でもどうして？　イザーク様とは何の関係も持ってないはずですよね？」

私はその話を聞いて少し混乱していた。二人の接点が思い浮かばなかったからだ。

「レオナのことを報告する時に、ラウラの妹であること、そしてフェリクスのことも書いておいたんだ。もちろん、バーデン家のことも」

「そう、だったんですね」

アルフォンスは「黙っていてすまなかった」と謝ってきたが、それを私のためにしたことは分かっていたので、直ぐに「気にしないでください」と伝えた。

「ラウラの前でこんなことを言うのは気が引けるが、彼もある意味レオナに狂わされた人間の一人だ」

私もその通りだと思っている。

レオナは最初からフェリクスのことなど好きではなかった。私を困らせるために近付き、その気にさせていらなくなったら簡単に手放した。

だけど私を苦しめた相手には変わらないので哀れだとは思うが同情はしない。

「イザークはそのことを知り、あの男を利用した」

彼の話を聞いて、なんとなく事情が掴めてくる。

(あ、そういうことだったんだ……)

「フェリクスは遅かれ早かれ侯爵家から追放される人間だ。切羽詰まった男に復讐心を持たせるのは容易なことだったのだろう。イザークは特に口がうまいからな」

「それじゃあ、あのドレスはイザーク様が？」

私が問いかけるとアルフォンスは「それは違う」と否定した。

「あれはフェリクスがレオナと婚約をした際に、直ぐに作らせたもののようだ。あの男は本気でレオナと結婚するつもりでいたんだろう」

「…………」

その話を聞いて、私は苦い顔になる。

ある意味、レオナの一番の被害者だったのはフェリクスだったのかもしれないと思ったからだ。

「レオナがあのドレスを着て会場にやってきたのは、単に他に着るものがなかったからではないか？　いくつもの婚約を破談にさせ、多くの家から支払えない程の慰謝料を請求されているようだからな」

「……最低ですね」

私は冷たい声で呟いた。

あの会場でレオナがいなくなったあと、泣いている令嬢を多く見かけた。それを思うとレオナがしたことは自業自得に他ならない。

「俺もそれには納得だ」

「だけど、あんな我儘な子が、あの人の言うことなんて素直に聞くのでしょうか？　いつもレオナには逆らえない人だったし」

私はフェリクスの名前を口に出すのも嫌で『あの人』と呼ぶことにした。

「あの場では誰一人としてレオナを擁護する人間はいなかった。そんな時、自分の言うことを何でも聞く人間が現れたら、簡単に心を許して着いていくんじゃないか？」

「あ……。確かに。また騙せると思って甘えた態度を見せるかも……」

レオナはあの場で完全に邪魔者扱いをされていた。会場から出ていくのにも、絶好の機会だったに違いない。

あのパーティーでの違和感の謎が解けていき、心の中もすっきりしていく。

「それで、そのあとはどうなったんですか？」

私が不思議に思い問いかけると、アルフォンスは少し戸惑った顔を見せた。

「お二人はイザーク殿下が改装された、ある施設で暮らしているそうですよ」

彼が言葉に困っていると、アルバンが代わりに話してくれた。

「ある施設……？」

「元監獄だった場所だと聞いています。周囲には脱走を防止するためにいろいろと罠が仕かけられているそうで、一度入れば簡単には出られないような場所ですね」

私はその話を聞いて少し戸惑ってしまった。

「ああ、すまない。ラウラには話していなかったが、イザークには少し変わった性癖があるんだ。詳しくは言わないが」

「そうなんですね……」

私も怖くて聞きたいとは思わなかったので、その辺はさらりと流した。

そういう理由ならば、あの時イザークが二度とレオナが皆の前に現れることはないと言ったことも頷ける。

「元監獄なんて物騒な響きだが、イザークもクリスティン嬢を連れて何度か行っているそうだから、快適に過ごせる施設にはなっているんじゃないか？」

「じゃあ、本当に二人はずっとそこにいるんですね」

念を押すように再度問うと、アルフォンスは「ああ。二度とラウラの前に現れることはないよ」と優しい言葉で言ってくれた。

（本当に終わったんだ……）

「安心できたか？」

「はいっ！」

「それならば良かった。あの二人のことはもう忘れたほうがいい。ラウラには二度と関わることのない人間なのだから」

「そう、ですね……」

私ももう過去には振り回されたくなかったので、そうしようと決めた。

不安なことが解消されて、肩から力が抜けていく。

今の私の顔を見てか、アルフォンスも安心したような表情を浮かべている。

「ラウラがお茶の準備をしてくれたし、休憩にしようか」

「はいっ」

私達が楽しそうに話していると、アルバンが「お二人の邪魔をしては申し訳ないので、私は失礼しますね」と言って出ていこうとした。

その時アルフォンスが彼を引き止め「あの方向で進めてくれ」と一言だけ告げると、アルバンは小さく頷き、そのまま部屋を去った。

「あの方向？」

私の言葉にアルフォンスは困ったような表情を浮かべる。

（もしかして、聞いたらまずいことだった？）

そんな風に焦っていると、彼が説明してくれた。

「バーデンと決着をつける。さっき、ラウラに尋ねたのもそれが理由だったんだ。もう話さないと言ったのにごめん。だけど、ラウラに嘘はつきたくないからな」

「謝らないでくださいっ！　アルは私のことを気遣っていてくれたんですよね」

彼のことだから、私のためだということは直ぐに気付いたし、最初からアルフォンスを責めるつもりなんて毛頭ない。

それに誤魔化さないで話してくれたことが、すごく嬉しい。

「ラウラは優しいな」

「優しいのはアルのほうですっ！」

私が即答で言い返すと、アルフォンスはおかしそうに笑っていた。

「バーデンのことはもう忘れていい。俺とアルバンでなんとかする。慰謝料が払えなくて廃爵される人間だ。きっと簡単に片がつく」

「最後まで迷惑をかけてごめんなさい。だけど、お願いします……」

私は嫌なことを押しつけてしまうことに罪悪感を感じ、小さく頭を下げた。

「顔を上げて。この話はもうおしまいだ」

「そう、ですね」

折角アルフォンスが私に気を遣ってくれたのに、これ以上聞いて困らせるのはやめることにした。

それよりも、私にはこれからの未来のために考えなければならないことが沢山ある。

こんな場所で、いつまでも立ち止まっていても、何もいいことはないはずだ。

「あの、話は変わるんですが、本当にこのままメイドを続けてもよろしいのですか？」

先程のことを思い出し、確認するように彼に問いかけた。

「ああ、構わない。俺はラウラの笑顔を見るのが好きだからな。だけど、無理だけはしないでほしい。それさえ守ってくれるのであれば、ラウラの好きにしていいよ」

「……っ、アル、ありがとうっ！　私、いろいろと頑張りますっ！　結婚するのがすごく楽しみになってきましたっ！」

その言葉に歓喜し、私が満面の笑みで答えると突然抱きしめられた。

「ラウラ、愛している。俺もラウラと結婚するのが楽しみだ。二人で幸せに生きていこうな」

「……はい」

彼の言葉を受け取ると、私は静かに目を閉じて抱きしめ返した。

体全身で幸せを感じているようで、嫌なことなんて一瞬で頭から消えていく。

その後、彼の口から父やレオナの名前を聞くことは二度となかった。

アルフォンスとのお茶を終えて、私は途中で止めていた掃除をするために二人の私室へと戻っていた。

そして、たった今それが終わったところだ。

「……ふぅ、少し張りきりすぎたかな」

結婚後もメイドの仕事を継続することになったのだが、区切りとしてどうしてもきっちりと終わらせたかった。

私は掃除を終えると、道具を片すために使用人控え室へと向かう。

（これで私のメイドとしての業務は一旦終わりなのね）

私が控え室の扉を開くと、十数名の使用人達が室内に集まっていだ。

（えっ？　皆さん、集まってどうしたんだろう）

そして、入り口にいたビアンカと目が合う。

「ビアンカさん、何かあったんですか？」

私が不思議に思い問いかけると、ビアンカは「やっと戻ってきたわね」と小さく呟いた。

「ラウラさん、メイドの業務、今までお疲れ様でした！」

「え？」

ビアンカは笑顔でそう答えた。

すると後ろにいた使用人達も続けるように「お疲れ様でした！」と次々に私に労いの言葉をかけてくれる。

私はそのサプライズに動揺してしまい、暫くの間あたふたと落ち着きなく視線をあちらこちらに向けた。

しかし、次第に皆の優しい気持ちが伝わってきて、胸の奥がじわりと熱くなる。

「ラウラさん、驚きすぎよ」

「……っ、皆さん。こちこそ、いろいろとありがとうございましたっ」

私は薄っすらと目に涙を浮かべながら笑顔で答えた。

周りからは拍手が送られ、その優しさに胸を打たれ、涙が零れ落ちる。

(私、こんなにも優しい方々の中で働けていたのね。やっぱり、ここに来て良かった……)

突然、傍にいたビアンカに抱きしめられ、「泣かないの」と言われた。

しかし、そう答えたビアンカの体はわずかに震えていて、時折小さく鼻を啜るような音も聞こえてくる。

(ビアンカさん……)

今まで涙なんて一度も見せたことのない彼女が、私のことを思い泣いてくれていると感じると、胸が詰まり涙が止まらなくなってしまう。

「泣かないでくださいっ、ビアンカさんに泣かれたら、涙が止まらなくなってしまいますっ」

「……っ、な、泣いてなんてっ、いないわっ!」

私達が二人して号泣していると、他のメイド達にも伝染し、あちらこちらでぐすぐすと鼻を啜るような音が聞こえ始めた。

「これは……、一体、何ごとだ？」

不意に背後から戸惑ったようなアルフォンスの声が響いてきた。

「あ、アル……」

「ラウラまで泣いて、ビアンカもか？」

私達の泣き顔を見たアルフォンスは、動揺を浮かべ眉を顰めていた。

「アルフォンス様、こんなところをお見せしてしまい申し訳ありません。ラウラさんのメイドとしての業務が今日までだったので、皆で挨拶をすることになったのですが……。ラウラさんが泣き出すから、皆に伝染してしまってこんな状況に」

ビアンカは私から離れると、持っていたハンカチで目元の涙を拭い、アルフォンスに説明を始めた。

「ああ、そういうことか。だが、ラウラは結婚後もメイドの仕事を続けるそうだぞ。だからそんなに悲しむことはないと思うが」

「え……？　ええっ⁉　そ、そうなんですかっ⁉」

ビアンカは驚きの声を上げる。

驚いているのはビアンカだけではないようだ。

「その話、聞いていませんっ！」

「そうだな。さっきラウラにも話したばかりで、ちょうど今そのことを伝えにきたのだが。どうやら少し出遅れたようだな。皆の涙を無駄にしてしまい、すまないな」

アルフォンスは気まずそうに呟いた。

「そっか……。じゃあ、これからもラウラさんとは一緒に働けるんですねっ！」

「ああ、そうなるな」

ビアンカは満面の笑みを浮かべると、再び私のことをぎゅっと抱きしめる。

「……っ、ビアンカさんっ！」

私も嬉しくなり、彼女のことを抱きしめす。

それを見ていたアルフォンスはわずかに不満そうな顔をしていたが、仕方なさそうにその様子を眺めていた。

「ラウラは皆に愛されているんだな」

アルフォンスは優しい笑みを向け、穏やかな声で言う。

しんみりとしていた空間は、いつしか賑やかで温かい雰囲気の部屋へと変わっていた。

そして、また一つ、私の大切な思い出が増えていく。


今日はいよいよ結婚式当日。

朝早くから準備に取りかかり、先程漸く終わったところだ。

私は鏡に映る自分の姿を、まるで夢でも見ているかのような気分で、じっと眺めている。

(すごく素敵……。これ、本当に私よね)

現実だと分かっていても、結婚するということがまだ実感できなくて、気持ちがそわそわとしてしまう。

真っ白なウェディングドレスはフリルやレースがふんだんに使われ、ふんわりとしたシルエットだ。

そして、裾の周りには綺麗な花の刺繍が施されていて、優雅さも感じられる作りになっている。

(今まで着たドレスも綺麗だったけど、それとは全然違うわ)

きっと、気持ちの問題なのだろう。これを着て結婚式を終えれば、私は正式にヴァレンシュタイン家の人間になり、公爵夫人になる。

私を取り巻く環境も少しずつ変わっていくに違いない。

それだけの重圧を背負っているからこそ、このドレスがとても別格のものに見えるのだろう。

(それに、こんなにも綺麗に着飾ってもらったのだから、しっかりしなきゃね)

再び私は鏡へと意識を戻す。

髪はアップにしてもらい、頭の上には宝石が散りばめられたティアラが載せられ、私の身長より長いベールにも綺麗な刺繍が施してある。

普段は髪を下ろしているが纏めると凛とした顔立ちに見え、自信も湧いてくる。

装飾品はドレスに合うように、主にシルバーと白色の宝石が埋めこまれたものをつけてもらった。

(この姿を見たら、アルも喜んでくれるかな)

鏡の中に映る私は、とても幸せそうな顔で微笑んでいる。

笑顔になったのは、頭の中でアルフォンスのことを考えたからに違いない。

その時の光景を想像すると、ますます表情が緩んでいってしまいそうだ。

すでに私は幸せの絶頂にいるような気分を感じていた。

「ラウラさん、すごく素敵ね！」

「ありがとう」

鏡にビアンカの姿が映りこんできたので、私は振り返った。

「今日はこれから一日大変だと思うけど、一生に一度のことよ。楽しんできてね。皆がラウラさんとアルフォンス様のことを祝福しているわ！」

「そうね。きっと一生の思い出になるわ。ビアンカさん、今日はよろしくお願いしますっ」

私は笑顔で答えると、ビアンカに軽く頭を下げた。

ビアンカを始め数名のメイド達は、式の手伝いに参加してもらうために一緒に会場まで来てくれる手はずになっている。

私にとっては心強い味方だ。

(手伝いとはいえ、同僚の皆さんも参加してもらえて嬉しい……)

そしてビアンカには今日一日、私の付き人になってもらう。

(ビアンカさんがずっと傍にいてくれると思うと、すごく心強いわ！)

アルフォンスは先に教会へと向かっていた。

彼は王族という高い地位にいるため、隣国の王族や、騎士をしていた頃の同僚なども多数招待しているらしい。

その者達への挨拶や、当日の打ち合わせ等があるため一足先に向かったということだ。

(アルも朝から大変そうね。早く会いたいな……)

一つ不安ごとがあるとすれば、傍にアルフォンスがいないということだろうか。

(会場に着いたら直ぐに会えるわ。それまでは少し我慢ね)

彼に会えない寂しさは一旦忘れ、気持ちを切り替えることにした。

今日の予定は教会で式典をし、その後王宮に移動。

そして披露宴、パーティーと続きかなり大変な一日になるのは間違いないだろう。

(きっと素敵な日になるはずよ)


私は準備を終えるとビアンカと共に馬車に乗りこみ、会場となる王都で一番大きな教会へと向かうことになる。

そして教会付近に近づくと参列をするために集まった貴族達や、一目見ようと集まった者達で賑やかな雰囲気がすでに作り上げられている。

私が馬車から降りると、一際大きな歓声が上がり同時に拍手が巻き起こった。

(すごい人……)

私はその勢いに圧倒され、委縮してしまう。

「裾は私が持つわ。それにしてもすごいわね。今のラウラさんは注目の的ね」

「そ、そうね」

以前、イザークの誕生パーティの時も多くの者達から視線を向けられていたが、今日はそれ以上な気がする。

祝福されていることは嬉しいけど、それ以上に私は緊張してしまう。

私が戸惑っていると、教会の奥からアルフォンスが現れ、私の元まで駆けつけてくれた。

「アルフォンス様、来てくださったのですね」

「ああ、一緒に来られなくてすまなかったな」

ビアンカが声をかけると、アルフォンスは心配そうにベール越しに私の顔を覗いてきた。

「……は、はい」

「大丈夫では、なさそうだな」

ベールのおかげで素顔を隠すことはできているが、声が強張っているので直ぐにアルフォンスに見抜かれてしまう。

彼は困ったように苦笑すると、私の手を握ってくれた。

彼の体温を感じると、少しだけ安心できたような気がする。

だからといって、緊張がすべてなくなったわけではない。

「ラウラ、落ち着いたか？」

「少し……」

私はぎこちない声で答える。人前に立つことに慣れるまでには、まだ時間がかかりそうだ。

それに比べて、彼は常に堂々としている。

本当にすごい人なんだなと感心すると同時に、私も少しでも彼に近づきたいと思った。

「折角だし挨拶をしようか。ラウラも皆に手を振ってあげたらいい。きっと皆喜ぶはずだ」

アルフォンスは後ろを振り向き、観衆に手を振った。

すると周りはそれに気付き、拍手や歓声が上がる。

私もアルフォンスを真似するように、おずおずと手を振ってみせた。

ベール越しのため、遠くにいる人の表情まではよく見えないが、歓迎されていることだけは分かり嬉しい気持ちになる。

(アルとの結婚をこんなにも多くの方々に祝福されて、本当に嬉しいわ)

いつしか不安の色は消え、明るい気持ちへと変わっていた。

隣にいたアルフォンスは、そんな私の姿をどこかほっとした表情で見つめていた。

「挨拶はこの辺でいいだろう。ラウラ、中に入ろう。ビアンカも、今日はいろいろと頼む」

「任せてくださいっ！」

ビアンカは堂々と答えるとアルフォンスは笑いながら「心強いな」と答えていた。

私はアルフォンスの腕に掴まると、教会の中へと入っていった。

先程は緊張のあまりちゃんと見ていなかったが、アルフォンスは王族の正装に着替えていた。

軍服のような作りの白いロングコートに赤いマントを羽織っていて、見ごとに着こなしている。

以前の黒で纏めていた姿も素敵だったが、白い服もまた似合って見える。

(今日のアル、すごく素敵……)

私が思わず彼に見惚れていると、アルフォンスが声をかけてきた。

「まだ式典までは少し時間があるから、少し控え室で休んでおくといい」

「アルは?」

私が不安そうな声で問いかけると、アルフォンスはふっと小さく笑った。

「俺がいないと寂しいか?」

「……っ」

そんな風に言われてしまうと恥ずかしくなり、頬を火照らせてしまう。

「俺はもう少し挨拶をしないといけないから、今は一緒にはいてやれない。だけど、式が始まればあとはずっと隣にいる。少しだけ我慢できるか?」

「……はいっ」

私が小さく頷くとアルフォンスは「いい子だな」と優しい声で呟き、ベールの上からそっと私の額に口づけた。

「ビアンカ、ラウラのこと頼むな」

アルフォンスはそう言うと、奥のほうへと歩いて行ってしまう。

折角会えたのにアルフォンスは直ぐに目の前から遠ざかっていき、私は切なげに彼の背中を眺めていた。

「ああ……、素敵ね。普段のラウラさん達って本当に甘々なのね」

「……っ！」

私はすっかりビアンカの存在を忘れていた。

ビアンカはニヤニヤしながら、暫く（しばら）の間楽しそうに私達の話をしていた。

恥ずかしかったが、それのおかげで気持ちを逸らすことができて、かえって良かったのかもしれない。


控え室で待っていると、トントンと扉を叩く音が響く。

「きっと、アルフォンス様だわ」

ビアンカの明るい声を聞いて、私は扉のほうへと視線を向けた。

そして扉の奥からは「ラウラ、入るな」と今一番会いたい人の声が聞こえてくる。

（アル……！）

それだけで安心感が増していき、私の心はぱっと明るくなる。

ゆっくりと扉が開くと、私の視界にアルフォンスの姿が入ってきた。

本当ならば今直ぐにでも彼の胸の中に飛びこみたい気分ではあったが、今はこんな格好だし、ビアンカも傍にいたので、その気持ちをぐっと呑みこんだ。

「私は廊下で待機しているわね」

ビアンカは私の気持ちを察してくれたのか、アルフォンスと入れ替わりで部屋を出ていった。

「ラウラ、こんな日に傍にいてやれなくてごめん。漸く戻ってこられた。時間がかかってすまなかった」

「……っ、アルっ」

私が席を立とうとすると、アルフォンスは直ぐに私の傍に来てくれて「ラウラはそのままで良い」と言って、隣に腰かけた。

私がほっとしたような、それでいて泣き出しそうな弱気な声を上げると、アルフォンスは小さく笑った。

「やっぱり、寂しかったんだな」

「……っ」

彼は私の耳元で甘い声で囁く。

図星を突かれて恥ずかしくなり、私はわずかに顔を俯かせた。

ベールで顔を覆われているからといって、羞恥を感じないわけではない。

「今日のラウラは最高に綺麗だ。今すぐにでもその素顔を覗きたいが、暫くはお預けだな」

彼の表情をはっきりと見て取ることはできないが、声を聞いていればそこからある程度の感情を把握することは可能だ。

それに向けられている視線からも熱量を感じる。

私のウェディングドレス姿を見て、きっと満足してくれているのだろう。

(褒めてもらえた。嬉しい……)

そう思うと嬉しい感情が溢れていき、口元が勝手に緩んできてしまう。

(今はこれで顔を覆っているから、頬を染めてもアルには気付かれないのかも)

そんな風に思うと少しだけほっとして、私は深く息を吐いた。

「顔が隠れているから、照れている姿が俺にバレてないとでも考えていないか?」

「……っ⁉　な、何で分かったんですかっ⁉」

突然心の中を読み取られてしまい、私は慌てるように問いかける。

「その動揺ぶりから当たりか?　この数ヶ月、ずっとラウラの傍にいたからな。態度を見ていれば大体は想像がつく。特に照れている時のラウラは、直ぐに俺から視線を逸らそうとするから分かりやすい」

「……っ」

癖を見破られるくらい、普段から私の行動を見られているのだと思うと、恥ずかしさと嬉しさが同時に込み上げてくる。

私がそわそわとしていると、アルフォンスは「ぷっ」とおかしそうに笑い出した。

「な、何ですか?」

「いや、顔が見えなくてもラウラはラウラなんだなと思ってな」

アルフォンスの口調はどこか愉しそうだった。

私はその態度に翻弄させられてしまう。

「また顔を染めているのか?」

「か、からかわないでくださいっ！」

私は不満をもらすが、本気で怒っているわけではない。

これは反射的に口から出てきてしまうもので、ただの照れ隠しだ。

彼もそれには気付いているのだろう。

「ラウラの緊張も少しは解(ほぐ)れてきたようだな」

その時、彼はただからかったのではなく、私の緊張を解すために言ってくれたのだと気付いた。

（そう言えば、前にも同じようなことがあったような気がするわ。アルはいつでも私のことをちゃんと見ていてくれる……。なんだか嬉しいな）

今の会話のおかげで、張り詰めた空気が和んだような気がして、私の体からも強張った力が抜けていく。

「このあとはずっとラウラの傍にいる」

その彼の一言に、胸の奥が高鳴っていく。

「バージンロードも俺と一緒に歩くことになるから、しっかり腕に抱きついていろよ。ラウラが転びそうになっても直ぐに支えてやるから、安心していい。ずっと一緒だ」

「はいっ。ありがとう、アル」

私は嬉しそうに笑顔で答えた。

『ずっと一緒』という言葉が、私を安心させ、幸せな気持ちにしてくれる。

「随分と気分が良さそうだな。何を考えている？」

「えっと、これからの未来のこと、とか……」

急にそんな質問をされ、私は照れながら答えた。

「未来か。ラウラが一番したいことはなんだ？」

「素敵な家族を作りたいです」

それはずっと私が憧れ続けていたことだ。

「それはもうすぐ叶うな」

「はいっ！　でも、実際はもうとっくに叶っていたのかも」

「ん？　どういうことだ？」

「あの邸には、私の居場所がちゃんとあって。私の欲しかったものが全部あったから。こんなことを言ったら笑われてしまうかもしれませんが……」

もじもじしていると、アルフォンスは「聞かせてくれ」と穏やかな声で言った。

「優しくて頼れるアルバンさんは、理想の父親のような存在だし。何でも話せる先輩のビアンカさんは、し、親友みたいな存在で。それに、愛する人にも巡り会えた。私の欲しかったものがすべて手に入っちゃった」

照れたように私が小さく笑うと、そのままアルフォンスに抱きしめられた。

「アル……？」

突然彼の胸の中に閉じこめられて、私は困惑していた。

「ラウラのそういう優しいところ、俺はすごく好きだよ。あの二人が聞いたら喜びそうだ。俺だって、ずっと欲しかったものを手に入れることができた……あの邸でな」

「……っ」

アルフォンスの言うずっと欲しかったものとは、私のことなのだろう。

そう思うと嬉しさと恥ずかしさから、胸の鼓動がドクドクと激しく鳴り始める。

「先に言っておくが、それだけで満足はするなよ？」

「え……？」

「俺には、今まで以上にラウラを幸せにするっていう野望があるからな。この程度で満足されていたら困る」

「……アルっ」

アルフォンスは抱きしめる力を緩めると、真っ直ぐな優しい瞳を向けてきた。

今はベールがかかっているが、この距離ならアルフォンスの瞳をしっかりと確認することができる。

「こんなことを言うのもあれだが、これ……、邪魔だな。ラウラにキスできない」

アルフォンスは不満そうな声をもらした。

困った表情で呟くアルフォンスがおかしく見えて、私はクスクスと笑い出してしまう。

「笑うなよ」

「ふふっ、ごめんなさいっ。今のアル、なんだか可愛い」

「可愛いと言われても困るが、ラウラの笑顔を見られたから良しとするか。だけど、笑ったから式では盛大に俺達のキスを見せつけてやろうか」

「……っ!!」

アルフォンスは意地悪そうな顔で言った。

(そんなの無理っ……！　人前でキスをするのでさえ恥ずかしいのに……)

私が戸惑っていると、今度はアルフォンスが「ぷっ」とおかしそうに笑い始めた。

「冗談だ」

「……っ!!」

(騙された……。でも冗談で良かったわ)

「くくっ、ラウラのことは一日見ていても飽きなさそうだ」

「……っ」

冗談だと分かっていても、そんな風に言われると照れてしまう。

「それに、どうやら俺はラウラに関してだけは相当に独占欲が強いらしい。だから一生手放すつもりはない」

いつの間にか彼の表情は真剣なものになり、真っ直ぐに見つめられていると私の鼓動はドクドクと波打ち始める。

「俺の傍にいてくれたら、生涯ラウラだけを愛すると誓う。残りのラウラの人生はすべて俺がもらう。いいよな？」

「……はい。私にとっての幸せはアルの傍にいることだから」

アルフォンスの言葉を聞いていると胸が打たれ、じわりと涙が滲んでくる。

だけど同時に微笑みながら答えた。

「ここで誓約を交わしたような気分だな」

「あ……確かに」

その後、私達は同時に笑い出してしまった。

そこには温かくて心地良い時間がゆっくりと流れていて、気持ちも穏やかになる。

「予行練習とでも思っておくか」

「そう、ですね」

アルフォンスのおかげで、先程まで張り詰めていた緊張の糸は完全に解けていた。

「そろそろ式典が始まるが、ビアンカに怒られそうだ」

「どうしてですか？」

「ラウラを泣かせてしまったからな」

「……っ、ごめんなさいっ」

先程じわりと目元を濡らしてしまったことを思い出し、私は戸惑い始める。

するとアルフォンスは「落ち着け、大丈夫だ」と優しい声で告げた。

「謝る必要はない。今日は腕のいいメイドを沢山連れてきたのだからな。ラウラがいくら泣いても、すぐに綺麗に直してもらえるはずだ」

「あ、そうですね」

私は安堵したように呟いた。

（そうよね。皆さんには感謝しないと……）

「ラウラは安心して参加すればいい。今日来てくれている参列者の皆は、俺達のことを祝福してくれているはずだ。皆、ラウラの味方だ」

「はいっ！　私、なんだか式が楽しみになってきました」

「そうだな。楽しもう。ラウラには笑顔が一番似合っている。その顔でいられるように、今日はずっと傍にいる。いや、これからはずっと、な」

「はい……」

アルフォンスは優しい声で答えると、ベール越しに私の瞼にそっと口づけた。

私はその言葉に幸せを噛みしめながら目を閉じて、そっと頷く。

（そうよね。これは喜ぶべきことなのだから楽しもう）

今日から私の新たな人生が始まる。

それは幸せに満ち溢れていて、これから先の未来はきっと理想を超えるくらい素敵なものになっていくのだろう。

（私、絶対に幸せになってみせる！）

幸せは望んでいるだけでは手に入れられないことを私は知っている。

自分が行動してこそ手に入れられるものだ。

だから私は生涯それを追い続けることになるだろう。

今の幸せを壊さないように、そしてもっと楽しい人生を迎えるために。

(きっと私達なら大丈夫……)

今の私には何一つ不安はなかった。お互いを大切に思い合う心を持っている限り、なんだって叶うと確信していたから。

私はこれから先、ずっとアルフォンスの傍にいて支えていくと心の中で誓った。

(アル、大好き……。私もアルのことを絶対に幸せにしてみせるわ!)

そんな時、再びトントンと扉を叩く音が響いた。

「そろそろ時間のようだ。ラウラはもう平気そうだな」

「はいっ! アルのおかげです」

私は堂々とした口調で答えた。もう迷いなんてものはない。

傍には大好きな人がいて、皆が私達のことを祝福してくれている。

私の心は清々しい程に晴れ渡っていた。

(素敵な一日の始まりね)

アルフォンスは先に立ち上がると、すっと私の前に手を差し伸べてくれて、微笑みながら「ラウラ、行こうか」と声をかける。

「はい……」

私はその言葉に静かに頷くと、アルフォンスの手を取り立ち上がった。

お互い目が合うと自然に微笑み、嬉しさがじわじわと込み上げてくる。

私は新たな人生の幕開けを感じながら、足を一歩踏み出した。

大好きなアルフォンスと共に。


本日めでたくアルフォンスと夫婦になった。

ずっとこの日を楽しみにしてきたけど、実際になってみると実感はまだ湧いてこない。

（そのうち、夫婦になったことを実感できるのかな……）

そんなことを考えながら、寝室でアルフォンスが来るのを待っていた。

今の私はメイド服のような可愛らしいナイトドレスを身につけている。

見た目はメイド服の形をしているが肌の露出が多く、誘惑させるためだけに作られたような洋服だ。

（最初可愛いって思ったけど、着てみるとすごく恥ずかしいわ……）

上半身の部分は真っ白なビスチェになっていて、胸元が大きく開きまるで下着のようだ。

スカート部分は白いフリルがふんだんに使われているが、ミニスカートになっているため足が殆ど隠れていない。

（これ、大事なところが全部見えてしまうわ）

私は羞恥から、まだアルフォンスが来ていないにも関わらずそわそわしていた。

首には白のレースのチョーカーが付いていて、中心にはふわっとしたリボンが良いアクセントになっている。

頭に付けているカチューシャも仕事で使うものより、可愛らしく作られたものだ。

（こんな格好の私を見て、アルは喜んでくれるかな）

きっと私がメイドの仕事が好きだから、彼はこれを選んでくれたのだろう。

見た目がとても可愛いらしいので、私は満足している。

何よりもアルフォンスが私のために選んでくれたということが、嬉しかった。

「アル、まだかな……」

私は逸る気持ちを抑えられず、ぽつりと独り言をもらした。

ベッドの横に置かれている蝋燭に灯されたオレンジ色の光が、薄っすらと室内を照らしている。

そして香も焚かれていて、ローズの良い香りが部屋を包みこんでいる。

「すごくいい香り。私この匂い大好き」

薔薇は私にとっては特別なものだ。

彼は今でも欠かすことなく私に薔薇の花束を贈り続けてくれている。

思い返すと、嬉しくなってはにかんでしまう。

私がそんなことを考えていると、奥の扉が開く音が響いた。

私はドキッとしながら扉の方へと視線を向けると、そこにはナイトガウンを羽織ったアルフォンスの姿が目に入った。

（どうしよう、私すごくドキドキしてる……）

彼がこの部屋に入ってきてから、鼓動がバクバクと鳴り続けて治まる気配がない。

視線が合うと、アルフォンスは私に柔らかく微笑んでくれた。

そして彼の手にはボトルとグラスが見える。

「ラウラ、待たせたな」

「はい……」

私は緊張から少し硬い声で答えてしまうと、アルフォンスは私の隣に腰かけ、着ているナイトドレスを満足そうに眺めていた。

「その服、なかなか似合っているな。普段とは全く違うものに見えて新鮮だし、すごくそそれる」

「こんなに可愛いメイド服を用意していただいて、ありがとうございます。少し恥ずかしいけど、すごく嬉しいです」

私は頬を火照らせ、目を泳がせながら答えた。

「ラウラの照れている姿はよく目にするが、その格好だとさらに可愛さが増すな。気に入ってもらえたなら何よりだ」

そんな風に言われると、余計に照れてしまう。

「それに、これなら簡単にいろいろと触れられそうだな」

「……っ」

アルフォンスはニヤリと不敵な笑みをもらし、私の心臓が飛び跳ねる。

きっと、今日も沢山意地悪なことをされるのだろうと察した。

「その前に、祝いの酒でもと思い持ってきたのだが飲んでみるか？　以前ラウラが好んでいたものとは違う種類だが、好きそうなものを選んできた」

「飲んでみたいですっ！」

不意にあの時飲んだお酒の味を思い出し喜んで答えると、アルフォンスは私にグラスを手渡してくれた。

そしてボトルの栓を抜くと、グラスにゆっくりと注いでいく。

「飲んでいいぞ。ラウラの口に合うといいのだが」

私はグラスに口をつけてゆっくりと喉に流しこんでいく。果実酒なのか程良い甘さと爽やかさで、とても飲みやすく美味しく感じられた。

次第に気持ちも緩んでいく。

「美味しいです」

「そうか。これを選んで正解だったな。ここでならいくらでも酔ってもいいから、好きなだけ飲んでいいぞ」

その言葉に頷くと、欲望を孕んでいる彼の瞳と目が合った。

「俺も、味見をさせてもらおうか」

アルフォンスは私の顎をくいっと持ち上げると、顔を近づけて唇を奪われる。

「んっ……」

「ラウラの唇はいつだって甘いな。俺の好みの味だ」

アルフォンスは食むように何度も口づけ、私の唇を満足そうに味わっていく。

お酒が全身に回ってきたせいか、なんだか体の奥がじわじわと熱くなり、息遣いも荒くなり始める。

「今日は、忘れられない日にしような」

「はいっ」

「肌がいつも以上に熱を持っているように感じるが、酒のせいか？　それとも普段と違うメイド服を着せられて興奮しているのか？」

「……っ、両方です……」

小さな声で答えるとアルフォンスは「知ってる」と満足そうに笑い、持っているグラスを奪った。

「まだ飲みたそうな顔をしているが、酒はまたあとにしようか」

彼は奪ったグラスをベッドの脇にあるテーブルの上に置くと、私の体をゆっくりとベッドに倒した。

視線を上げると、深い緑色の瞳に囚われ、吸いこまれるように視線が逸らせなくなる。

その瞳は愛しそうに私のことを見下ろしていて、これから彼に沢山愛してもらえると思うと、興奮から鼓動の音は鳴りやまなかった。

「……っ」

「それにしても、このメイド服。なかなか良いな」

アルフォンスは観察でもするかのようにじっくりと私の姿を眺めていて、それが恥ずかしくて堪らない。

羞恥を煽られじっとしていることができなくなり、私はそわそわと視線を泳がせ始める。

「胸元も簡単に触れるし、このひらひらしている裾を捲り上げれば、直ぐにラウラの厭らしい部分も見れてしまうな」

「……ぁっ」

アルフォンスは私の首筋に掌を這わし、短いスカートに視線を落とすと、ひらひらとした布を捲り上げた。

「少し触っただけだぞ」

「……はぁっ、なんだか、体の奥が熱くって……」

私は浅い呼吸を繰り返しながら、中心からじわじわと沸き立ってくる疼きを感じ、体を小刻みに震わせていた。

(熱い……、これってお酒のせい？)

初めて飲んだ時も、口にした直後に体が熱くなっていったことを思い出す。

「言い忘れていたが、少しだけ酒に媚薬を混ぜておいたんだ。ラウラが理性を捨てて好きなだけ乱れられるように」

「び、媚薬……!?」

私が動揺した顔を見せると、アルフォンスは「大丈夫だ」と小さく笑った。

「量は少なめにしてあるから体には害はない。だけど、感度が良いラウラがどう変化するのかは楽しみだ。酒も入っているから、いつも以上に体の奥が熱いんじゃないか？」

彼の言った通り、先程からずっと体の奥で熱が燻っている。

「折角の可愛い服ではあるが、体が火照って熱そうに見えるから脱がして楽にさせてやる」

アルフォンスの掌が私の頬に触れると、いつもより艶やかな顔がゆっくりと降りてくる。私がドキドキしながら瞳を揺らしていると、静かに唇が重なった。

「……んっ」

「思った通りだな。いつもよりも唇が熱いな。キスしながら脱がせてやるから、舌を出せ」

恐る恐る舌先を伸ばすと、直ぐに熱くなった彼のものに絡めとられる。

私は両手を伸ばしアルフォンスの首に絡みつけると、自らも舌を動かして深いものへと変えていく。

（アルとのキス、好き……）

お互いの熱が混ざり合い、咥内は一層溶けるように熱くなる。

この熱が心地良くて、もっと欲しいと欲が膨らんでいく。

「……はぁっ、んっ、もっと……」

「今日のラウラは積極的だな。そのまま続けて……」

私が薄っすらと瞳を開けると、艶っぽい表情のアルフォンスと視線が絡む。

キスをしながら目が合うと、鼓動がさらに速くなり体の火照りも強くなる。

（アルが私の夫……。どうしよう、すごく嬉しい。アルは私だけのものになったんだ）

そんなことを考えながら、私は夢中で口づけていた。

それから暫くすると、ゆっくりと唇が離されていく。

生まれたままの姿にされると、肌に空気が触れる度にひんやりするのを感じる。

しかし、体が火照っているせいで、今はそれがとても心地良い。

頭の奥もふわふわして、今の私は蕩けきった表情を浮かべているのだろう。

「良い表情だ。全身で俺を誘っているように見えて、すごくそそられる。これからラウラがどう乱れていくのか見物だな」

「……ぁ、ぁあっ、はぁっ……」

アルフォンスは私の首筋に唇を押しつけると、深い愛撫を始めた。

肌を吸われる度に、私の口からは甘ったるい声が溢れる。

彼の掌は私の内腿を這うように撫で上げ、熱くなった中心へと滑らせていく。

彼の指が秘裂をなぞる度に、私の体は小さく震える。

中心からは蜜が止まることなく溢れ、彼の指が蠢く度に、厭らしい音を響かせていた。

「もうこんなに濡らして。本当にどうしようもないくらい厭らしい体だな。こうされるのを期待して、ずっと濡らしていたのか？」

「ちがっ……、ぁっ、んっ……」

否定しようと口を開くが、言葉ではなく喘ぐ声だけが出てしまう。

「そんな顔で違うと言われても、説得力の欠片もないぞ。ここを沢山可愛がってやるから、好きなだけ乱れたらいい。ありのままのラウラを俺に見せてくれ」

「はぁっ、ぁっ…ぁあっ、んぅ……」

快楽に溺れてしまうと艶やかな甘い嬌声が止まることはない。

彼の長い指を簡単に受け入れ蜜壺の中を掻き混ぜられると、ぐちゅぐちゅという淫靡な水音が室内へと響き、自分がどれだけ興奮しているのかを知り恥ずかしくなる。

（そんなに、音を立てないでっ！）

まだここに触れられて間もないはずなのに、中心が疼いて仕方がない。

この熱を早く解放してほしくて、私は彼の指をぎゅうぎゅうと締めつけていた。

「媚びるようにそんなに締めつけてきて、指一本だけでは物足りないか？　これだけ濡れていれば、あと二本は余裕で入りそうだな」

アルフォンスは私の瞳をじっと見つめながら愉しげに呟くと、中に押しこんでいた指を抜き取り、その後三本纏めて奥まで捩じこんできた。

その瞬間、全身に鳥肌が立つような強い感覚に襲われ、私は体を弓なりにしならせてしまう。

「……ぁああっ!!」

「くくっ、中がさらにキツくなった。俺の指をそんなに美味そうに咥えて満足か？」

「ぁあっ、や、ぁっ……そんなに、激しくっ……」

私は涙を溜めながら力なく首を横に振った。

その姿を見ていたアルフォンスの目がわずかに細まる。

何か嫌な予感がした。

「これだけじゃ足りないか？　ラウラが欲張りなのを忘れていたよ」

「ちがっ、……ひ、ぁああっ……!!」

私が慌てて否定しようと瞬間、アルフォンスの指が膨らんでいる蕾を捉え、押し潰すように執拗に責め始める。

鋭い刺激が全身に走り、私は悲鳴のような声を室内に響かせた。

（これ、だめっ！　おかしくなるっ……!!）

ただでさえお酒と媚薬で体がいつも以上に敏感になっているのに、弱い場所をこんなに責められたら、簡単に果ててしまう。

「すごい反応だな。少し指を押しつけただけだというのに、酒の効果は絶大ということか」

「あ……ああっ、だ、だめっ……！　ぁああっ……!!」

私が果てたあとも彼の刺激は止まらない。

ぷっくりと膨らんだ蕾を指で挟み擦り上げながら、蜜壺の中では複数の指がばらばらに蠢（うごめ）いている。

絶頂を迎えたばかりの私の体は感度が上がり、少しの刺激でも簡単に反応してしまう。

それなのに、こんなにも激しくされたら、何度でも簡単に果ててしまうだろう。

「俺の指にこんなにも翻弄されるラウラは、本当に愛らしいな。だけどまだ満足はしていないだろう？」

「ぁっ……、はぁっ、アルの、いじ、わるっ……」

私は眉を八の字に下げ、必死に言葉を紡いだ。

アルフォンスが意地悪なことは知っているし、こんな姿の彼も私は大好きだ。

私が拒めないことを彼は分かっているのだろう。

アルフォンスは口端をわずかに上げてふっと小さく笑い、私の耳元に顔を近づけた。

「何度もこうされているのに、今さらな台詞だ。だけど、ラウラはこうされるのが大好きだよな？

俺に意地悪されて、嬲られて。ぐちゃぐちゃにしてほしいのだろう？」

「やぁっ……、耳元で囁かないでっ……はぁっ……」

アルフォンスは艶やかな声で囁くと、そのまま私の耳を厭らしく舐め始めた。

耳奥に淫靡な水音が響き、まるで頭の中を掻き回されているような気分がする。

少しの間止まっていた指も動き出し、私を追い詰めていく。

(だめ……。これ、おかしくなるっ！)

逃げようと思って身を捩ろうとすると、耳元で「逃げるな」と囁かれる。

しかし彼の体は覆い被さるように重なっているので、私の逃げ道はないも同然だった。

「さっきから奥がずっと痙攣しているな。ラウラに満足してもらえて嬉しいよ」

「はぁっ、もうだめっ……。おかしく、なっちゃうっ……ぁああっ、いやぁっ!!」

「理性なんて今のラウラには必要ないはずだ。今は夫になった俺のことだけ考えていればいいどれ
だけ俺がラウラのことを愛しているか、その身で思い知ってくれ」

アルフォンスは私の耳を解放すると、今度は息がかかる程の距離に顔を寄せて、瞳の奥を覗きこんできた。

深い緑色の瞳は獲物を狙う獣のような鋭い色に光り、背筋がぞくりと震える。

しかし、怖いなんて感情はなく、そんなにも思ってもらえていることに嬉しさを感じている。

そんな私の姿に気付いたアルフォンスは困った顔をしたあと、小さくため息をもらした。

「随分と嬉しそうな顔だな」

「だって、嬉しいから。アルにこんなに求めてもらえることが……」

私が幸せそうに微笑むと、アルフォンスは「ラウラには敵わないな」と呟いた。

「俺もそろそろラウラを味わいたい」

「……はいっ」

私が頷くと、彼は羽織っていたナイトガウンを脱ぎ捨てて私の足を大きく開かせた。

そして欲望の満ちた瞳で見つめられる。

(アルもお酒を飲んだのかしら？　いつもよりも瞳の奥が深くなっているような気がするわ)

私がドキドキしながらそんなことを考えていると、蜜口に硬いものが押しつけられた。

「……ぁっ」

「相変わらず、こうされるのが好きなんだな」

彼の滾ったもので擦られると、気持ち良すぎて腰が勝手に揺れてしまう。

「早く欲しいか？」

「はいっ、アルと繋がりたい」

私が頬を熱くして答えると、アルフォンスは小さく笑い「俺の妻は可愛すぎて困るな」と呟いた。

そして次の瞬間、一気に最奥を貫かれる。

「ぁあああっ……!!」

私は室内に絶叫するような声を響かせた。

沸騰した血液が全身に巡っていくように、一気に体温が上昇する。

「ラウラは本当に期待を裏切らないよな。すごい締めつけだ。俺のを食い千切るつもりか？」

「やっ……、待って。すぐに、動かしたらっ……ぁあっ!!」

私が深く絶頂を迎えてもアルフォンスが止まることはなかった。

強い快感の渦に呑みこまれると、頭の奥が真っ白になり、息をするのも忘れてしまいそうになる。

開いた唇からは飲みこめなくなった唾液がだらしなく零れ、口元は魚のようにパクパクと小さく震わせていた。

「今のラウラの顔、堪らないくらいに可愛いよ。俺しか知らないラウラの顔だ」

アルフォンスはどこか満足そうに呟いた。

「ぁああっ、やぁっ……また、イっちゃうっ……っ……!!」

「遠慮するな。何度だってイかせてやる。だけど、気絶はさせない」

そう言ってアルフォンスは突く速度を落としていく。

「はぁっ、はぁっ……」

気が遠くなる程の快楽から解放され、今度は甘く蕩けそうな快感に溺れていく。

「随分、蕩けた顔になったな。ラウラの悦いところを沢山突いてやるから、そのまま好きなだけ感じていればいい」

「はいっ……はぁっ……」

ゆるゆると揺さぶられていると、強張っていた力がすーっと抜けていき、心にも余裕が生まれる。

「今のうちに休んでおけよ。今日は朝まで抱き潰すって決めているからな」

「……っ！」

私が驚いた顔を見せるとアルフォンスはおかしそうに笑っていた。

「また、冗談ですか？」

私はむすっとした顔で不満そうに呟く。

「冗談だと思ったのか？　今日は本気で朝まで寝かすつもりはないぞ？　だけど、朝を迎えたら一緒に昼過ぎまで眠り、ゆっくり一緒に過ごそう。数日はラウラとのんびり過ごせるように仕事は片づけておいた。」

アルフォンスはそう言ったあとに意地悪そうな顔で「片時も俺から離れられなくなるな」と続けた。

「片時も？」

「どこか行きたいところがあるのなら別だが、なければずっとこの部屋に籠もって、ラウラを抱いて、疲れたら一緒に休んで、湯浴みや食事も一緒に取ろうか。ラウラとのんびり話をするのもいいかもしれないな」

「……っ」

今の話を聞いて照れてしまったが、それ以上に嬉しい気持ちがあとから込み上げてくる。

「どうした？」

「それって、ご褒美みたい」

私は思わず本音をもらしてしまう。

四六時中彼を独占できるなんて、私にとってはそれ以外にはない。

「そんなに俺の傍にいるのが嬉しいのか？」

「嬉しいです。一日中一緒にいられるなんて、なんだか夢みたい。そう考えると、夫婦になるのってすごく素敵ですね」

「ラウラは面白いことを言うな。途中で飽きたと言われても、俺は絶対に離すつもりはないぞ」

「私だって、離れませんっ！」

冗談ぽく話すアルフォンスに私はきっぱりと即答で返す。

その言葉に嘘偽りは一切なかったからだ。

私は彼の傍にいられることが、一番の幸せだと思っているのだから。

するとアルフォンスの優しく微笑んだ顔がゆっくりと降りてくる。

じっと見つめていると唇が重なり、何度も啄むようなキスを繰り返され感情が昂ると同時に、燻っていた体の奥がまた疼き始める。

「……お喋りはここまでだ。続きに戻ろうか」

「はいっ、……んっ」

アルフォンスは唇を離すと小さく呟き、私はそれに頷いた。

それから再び唇を深く奪われ、腰を打ちつける速度が加速する。

子宮口の入口をトントンと揺さぶられ、その度に私の感度は高まっていく。

「ぁあっ、んっ……はぁっ、ぁっ……ぁあっ、気持ち、いいっ……」

「ラウラは奥を責められるのが本当に好きだよな。またたっぷりと注いでやるからな」

「ぁあっ、はぁ……、んっ……ぁああっ、アルっ……」

「またイきそうなのか？　それならば一緒に果てよう」

アルフォンスは柔らかく微笑むと、それにつられるように私も笑顔を作り小さく頷いた。

そして指を絡めるように手を繋ぐ。

全身がぴったりと重なり、どこからも彼の熱を感じることができる。

（全身でアルと繋がっているみたい……）

そのことに喜びを感じてしまう。

次第に、アルフォンスの動きが激しくなる。

荒々しい息遣いで、私の最奥を激しく何度も何度も突いていく。

時折切なそうな声で私の名前を呼んでくれて、それが堪らない程嬉しかった。

（アル、大好き……！）

「……っ、ラウラっ……奥に、出すぞ」

「は、いっ……っっ、ぁあああ……っ!!」

一際高い声を響かせると、それとほぼ同時に絶頂を迎え、私の奥に熱いドロドロとした欲望が吐き出されているのを感じた。

(……奥に、熱いのが出てる……)

「はぁっ……、はぁっ……」

私が浅い呼吸を繰り返していると、不意にアルフォンスと視線が合いドキドキして鼓動が激しくなる。

「ラウラ、俺は誰よりもラウラのことを愛している。これからもずっとな」

返事をしようとすると、それより先に唇を奪われた。

「わた、し、も……んっ」

まだ呼吸も整っていなくて息苦しく感じるが、アルフォンスの荒々しい吐息が聞こえてくると求められていることに興奮する。

(アル、私もあなたのことを心から愛しているわ)

私は声に出すことが叶わなかった言葉を、感情を込めて心の中で呟く。

そろそろ媚薬もお酒の効果も抜けてくるはずなのに、私の体はずっと敏感なままだった。

あとになって彼から聞かされたのだが、あの時飲んだお酒の中には媚薬は含まれていなかったそうだ。

(こんなところで嘘をつくなんて酷いわ……。アルらしいけど)

私がそう思いこんで、勝手に興奮して感じやすくなっていただけらしい。

だけど、お酒には催淫効果もあるそうなので、恥ずかしく思った私は酒のせいだと言い張ることにした。

そんな私の姿を見て、アルフォンスは優しく微笑んでいた。

(そんな意地悪なところも、もう慣れてしまったわ)

これは私の強がりだ。結局はいつも彼の意地悪によって翻弄させられるのだから。

だけど彼の愛の詰まった意地悪だと思えば、悪くはないのかもしれない。

私はそれくらい、彼のことを愛しているのだから。


新婚生活を始めて半年が過ぎた頃、私の身に異変が起こる。

体調が悪い日が数日続き医者に診てもらったところ、「おめでとうございます」と言われ一瞬理解が追いつかなかった。

「それって……」

何のことを言っているのか分かってくると、信じられない気持ちでいっぱいになる。

(私のお腹の中に、アルとの子がいるんだ……)

最初は驚きのほうが勝っていたが、次第に歓喜に包まれていく。

私はベッドに座りながら自分のお腹のほうに視線を落とすと、ドキドキしながらゆっくりと触れてみる。

そんなことをしていると勢い良く扉が開く。

驚いて反射的に視線をそちらに移すと、そこには息を切らしたアルフォンスの姿が目に入る。

「あ……、アル？」

私が戸惑いながら声をかけると、アルフォンスは何も答えないまま、こちらへと近づいてくる。

そして私の前に来ると、そのまま抱きしめられた。

「ラウラ、医師から話は聞いた。君が病にかかっていなくて本当に良かった」

彼の声色から、本気で安堵しているのが伝わってくる。

先に私のことを気遣ってくれる彼の優しさに、胸の奥がじわりと熱くなった。

「心配かけてごめんなさい。アル、私が体調悪かったのは病ではなくて……」

「ああ、聞いた。信じられない……。ここに俺達の子がいるんだな」

私が言いかけると彼は少し興奮気味に答えて、ベッドの端に腰かけた。

そして私のお腹を壊れものに触れるかのように優しく撫でる。

「私もまだ全然実感が湧かなくて。これって夢じゃないですよね？」

私が信じられないといった様子で答えると、アルフォンスは小さく笑った。

「そう思っているのはラウラだけじゃない。俺も夢を見ているような気分だ。いつか、こんな日が来るとは思っていたが、実際この瞬間を迎えると想像以上だな」

（すごく嬉しいわ！　だけど、私はどうしたらいいんだろう……）

喜びも当然感じていたが、これが現実だと分かってくると次第に不安に包まれていく。

初めてのことで何をしたら良いのか全く分からなかったからだ。

私はそんな不安から、縋るような視線を彼に向ける。するとアルフォンスは私の手を優しく握ってくれた。

「そんな不安そうな顔をするなよ。初めてのことで不安に思うことは多いかもしれないが、今のラウラは一人ではないだろう？」

「あ……」

彼の言葉に気付かされ、ハッとする。

「俺はいつだってラウラの傍にいるから。そういう俺も初めてのことで少し戸惑ってはいるけどな。二人で大切に育てていこう」

「はいっ」アルフォンスから『一人じゃない』と言われると、安心感から笑顔が込み上げてくる。

それを見ていたアルフォンスも同じように微笑んでいた。

(アルも不安なんだ。当然よね、初めてのことなんだし……。だけど二人で協力し合えばきっと育てられるわ！)

彼と同じ気持ちを共有しているみたいで、少し嬉しかった。

「これでまたラウラの楽しみが一つ増えたな。いや、一つどころではないか。どんなラウラの顔も好きだが、今のように幸せそうに微笑んでいる顔が一番いい」

改めてそんな風に言われると照れてしまう。

「これからはその笑顔を沢山見れるのだと思うと、俺も幸せな気分になれるよ。ありがとう、ラウラ」

「お礼を言うのは私のほうです。こうやって幸せを感じて、笑っていられるのはアルのおかげだから」

お互いを思い合って、嬉しいことも不安なことも共有できることは本当に幸せなことなんだと思った。

生まれてくる私達の子供のことも、きっとアルフォンスなら大切にしてくれるに違いない。

「数ヶ月後には、俺達の子が生まれてくるのか。そんなことを思い浮かべているだけで楽しい気持ちになれるな」

「服や必要なものも揃えないといけないですね！」

私は張り切って答えると、彼に「ラウラは気が早いな」と言われて笑われてしまう。

「ラウラはまず、転びそうになる癖を直すところから始めようか」

「……っ!!」

アルフォンスはぼそりと呟き、私は苦笑した。

「き、気をつけます」

「冗談だ。俺もこれからは極力ラウラの傍にいるから。君にだけ不安な思いはさせない。だからラウラは安心して今まで通り過ごせばいいよ」

アルフォンスは柔らかく笑むと、私の額にそっと口づけた。

「暫（しばら）くラウラを抱けないのは我慢する。その分、甘やかしてやるか」

「……っ！」

私はその言葉を聞くとなんだか恥ずかしくなり顔を染めてしまう。

「早速今日から始めてみるか。何をしてほしい？　何でもラウラの願いを叶えてやる」

（してほしいこと、か……）

突然そんなことを言われても困ってしまうが、その時、頭の中にあることが思い浮かび直ぐに彼に「ひとつ、あります！」と告げた。

「教えてくれ」

「頭を撫でてください」

私は恥ずかしさから消え入りそうな声で呟く。

「ラウラは欲がないな。だけど、君らしい答えでもあるか。俺のほうに体を預けていいぞ」

「はいっ」

私がアルフォンスの肩に頭をもたれるように置くと、彼の大きな掌が伸びてきて優しく髪を撫で始める。

「ラウラはこうされると落ち着くんだったよな？」

「はいっ、とても気持ちがいいです」

安心して、静かに目を閉じる。

（どうして頭を撫でられると、こんなにも気持ちがいいんだろう）

「それなら毎日してやろうか」

「それ、最高ですね」

彼が冗談ぽく言うと、私も楽しくなってそれに合わせるように答える。

私は彼と他愛もない話をしながら、穏やかな時間を過ごしているのが何よりも幸せなのだろう。

そして、結婚して半年も経っていないというのに、子供まで授かってしまい素敵な家族を作りたいという私の願いはあっさりと叶ってしまった。

（アルの傍にいるだけで、どんどん幸せが増えていくみたい）

嬉しい気持ちが溢れてきて、私は思わず「ふふっ」と声に出して小さく笑ってしまう。

「どうした？」

アルフォンスは突然笑い出した私に動揺することなく、いつもの優しい声で問いかける。

「アル。私、今とっても幸せです！」

それは心から出てきた言葉だった。

私の言葉を聞いてアルフォンスはふっと小さく笑うと「俺もだ」と答え、私の髪を優しい手つきで撫で続けてくれる。安心感と心地良さから、私は再び目を閉じた。

◆　◆　◆

あまりにも彼女が気持ち良さそうな態度を見せるので、俺は暫く（しばら）の間ラウラの髪を撫で続けていた。

反応が数分前から途切れ、次第に彼女の口元から薄っすらと小さな寝息が聞こえてくる。

「眠ってしまったのか？」

俺は一度手を止めてぼそりと呟くと、彼女の顔を覗きこむ。

ラウラは安心しきった顔で眠っていた。しかも俺の腕をぎゅっと抱きしめている。

（可愛すぎるだろ。俺を試しているのか？）

こんな無防備な姿を目の前にして、少し意地悪でもしたくなったが、その気持ちをぐっと堪えた。

（何でラウラはこんなにも可愛らしく見えるんだろうな。惚れた弱みか……）

俺は自嘲するように笑うと、再び彼女の髪を撫で始めた。

もうすぐラウラが公爵邸に来て一年半になる。

俺はラウラに喜んでもらおうと、その記念日に向けてある準備を進めていた。

本当は一年という節目に行うべきだったのだろうが、その頃は結婚の準備で忙しくてそれどころではなかった。だから落ち着いた今行おうと考えている。

そのことで先日王都に足を運んだ。その時、偶然バーデンの姿を見つけてしまう。

（まさか、あそこまで落ちぶれているとは……）

元貴族とは思えない成れの果ての姿に一度は驚くものの、自業自得だと感じ見知らぬふりをして通りすぎた。

ラウラには話していなかったが、あの日、彼女に『バーデンに会いたいか？』と尋ねた時、実はあの男は邸内にいた。

（事前の連絡もなしに突然押しかけてきて、最後まで常識のない男だった。さすがレオナの親と言うべきか）

思い出しても呆れてしまう。

邸に通した理由は、結婚前にすべて決着をつけるため。

ラウラはあの家族に虐げられ、言いたいことも言えず、長い間ずっと我慢し続けてきたのだろう。だからこそ最後に、思いをぶつける機会を与えてすっきりさせてやりたかった。

（その考えも、ラウラには必要なかったが……）

彼女は会いたくないと頑なに拒絶した。

その姿を見た時、余計な提案をしてラウラに嫌な思いをさせてしまったことを後悔したくらいだ。もっと配慮すべきだったと。

結局ラウラは会うことを拒んだので、俺とアルバンで対処することになった。

（まさか、この期に及んで支援を願い出るなんて想像もしなかった。本当にどこまでも自分勝手な人間だ）

思い出すだけで腹が立つ。正直、ラウラに合わせなくて良かったとほっとしたくらいだ。

（きっとラウラはあの男がどういう人間か分かっていたからこそ、会いたくないとはっきりと断ったのだろうな）

当然だが、支援をする気は毛頭なかったので、話を強引に終わらせてあの男を邸から追い出した。

それ以降、あの日までバーデンを見ることはなかった。

ちなみに夫人のほうは執事と不貞を働いており、イザークのパーティーの時にはすでに伯爵邸から出て行ったようだ。それは後に調査で判明する。

（あの時のレオナは恐らく切羽詰まってあとには引けない状況だったのだろう。湯水のように金を使っていたのだから、平民の生活なんてできるはずがない）

結局ラウラを虐げていた人間は破滅していった。

そして今、ラウラの幸せを邪魔する者達はいない。だからこそ、彼女は誰よりも幸せにならなくてはならない。

（でも、この幸せそうな顔を見ていると、もう叶っていそうだな）

俺がラウラの姿を愛しげに見つめていると、わずかに彼女の眉が動いた。

「んっ……、あれ……？」

「お目覚めか？」

朧(おぼろ)げに意識を取り戻したのか、ラウラは少しぼーっとしながら辺りに視線を巡らせている。

そしてすぐに彼女の顔が驚きのものへと変わった。

「ご、ごめんなさいっ。気持ちが良くて、うとうとしてしまいました」

「別に謝らなくていい。ラウラの可愛い寝顔を見れて俺も満足している」

そう答えると、彼女の頬が見る見るうちに赤く染まっていく。

その表情が俺の気持ちを昂(たかぶ)らせていることに、彼女は気付いているのだろうか。

俺は感情を抑えるために、話を変えることにした。

そうでもしない限り、また意地悪をしてしまいそうな気がしたからだ。

「ラウラの体調が良くなったら、庭でお茶でもしないか？」

「いきなり、どうされたんですか？」

突然話題を変えたせいか、彼女は少し不思議そうに問いかけてきた。

「もうすぐ、ラウラがこの公爵邸に来て一年半になるだろう。言い換えれば俺達が出会った記念日とでも言うのか」

「確かに……覚えていてくれたんですね！」

彼女は花が咲いたような笑顔で答えた。

「当然だ。俺にとってもラウラとの出会いはかけがえのないものだからな」

「……っ」

俺が当然のようにさらりと答えると、彼女は照れたように再び頬を赤く染める。

気を抜くと俺の自制心が揺らいでしまいそうだ。

「ラウラに、とっておきの贈り物を用意している」

「え……。私ばっかりもらって良いのでしょうか？」

彼女は少し申し訳なさそうな顔で呟いた。

「構わない。そもそも、ラウラが喜ぶ顔が見たくてしていることだからな。君が喜んでくれたら、俺も嬉しい気持ちになれる」

穏やかな声で伝えると、ラウラの表情は次第に明るさを取り戻していく。

「すごく気になってきました！」

「それならば、今から行ってみるか？」

「え……？」

彼女が興味津々といった表情をしてきたので、俺は口端を上げて誘惑するように言う。

「体調が優れないラウラを歩かせるわけにはいかないから、抱き上げて連れていく」

「えっ、私、自分で歩けますっ！」

ラウラが動揺し始めたので、抵抗される前に彼女の体を横向きに抱きかかえた。

「ちゃんと俺の首に掴まっているんだぞ。ラウラはもう一人の体ではないんだ」

少しずるい台詞を言って、強引に従わせると彼女を連れて私室から出た。

「アルは、強引です……」

彼女のか細い声が聞こえてきたので、俺は「そうだな」と受け流すような言葉を返した。


向かった先は邸内にある大きな庭園。

その奥には薔薇園が存在していて、そこが目的地だ。

今まで毎日ラウラに薔薇の花束を贈ってきたが、それだけでは満足できなかった。

もっと沢山の愛をラウラに贈りたい。誰よりも愛している人間だからこそ、その思いのすべてを知ってほしくて、薔薇園を彼女に贈ることにした。

ここには数万の色とりどりの薔薇が咲き誇っている。

ラウラに薔薇を贈り始めた頃から、少しずついろいろな品種を買いつけ増やしていった。

いつかここが薔薇で埋め尽くされた時、彼女にそれを贈ろうとずっと考えていたのだ。

「薔薇のいい香りがします」

目的地に近づくにつれて、薔薇の甘い香りが強くなる。

彼女は鼻から息を深く吸いこみ、その香りを嬉しそうに感じていた。

「ラウラは薔薇は好きか？」

「はいっ、花の中で一番好きです。私にとってすごく意味のあるものだから……」

それは恐らく俺がしている贈りもののことを言っているのだろう。

大切に思ってくれているのだと知ると、さらに気持ちが昂（たかぶ）っていく。

（ここをラウラにプレゼントすると言ったら、どんな顔をするのだろう……）

さらに奥に入っていくと、中央にお茶ができるスペースがある。

ここも俺が作らせた場所だ。

彼女はこれから公爵夫人という重圧を感じて生きていくことになる。

だからこそ、気を抜ける場所を作ってやりたかった。

「到着だ」

「わぁ……、すごく素敵！　ここでお茶ができますね！」

ラウラは俺が想像するよりも、何倍も嬉しそうな表情を浮かべている。

目をキラキラと輝かせ、全身で喜びを表現しているようなそんな彼女の顔を見ていると、俺のほうまで嬉しくなってきてしまう。

（贈り物をもらったのは俺のほうかもしれないな……）

こんな顔を見せられたら、もっといろいろなことをして彼女を喜ばせたくなっていく。

「ラウラ、ここは君のために作らせたものなんだ」

「え……」

俺は中央に立つと、彼女の顔を見つめながら静かに言った。

ラウラは驚いた顔を浮かべていた。

「俺はせっかちだから、毎日一本ずつなんて待っていられない。気持ちをすべて伝えるためにはこれくらいは必要だ。それくらいラウラのことを愛している」

「……っ」

心を込めて伝えると、彼女の目元が潤み始めていた。

「泣くなよ」

「……だって、こんなの……ずるいです」

まさか泣かれるなんて思ってもみなかった。だけど喜んでくれているのだけは分かった。

「まあ、嬉し涙ならいいか」

「もうっ！　アル、私のためにこんな素敵な場所を用意してくれて、ありがとうございます。今度、一緒にお茶をしましょうね！」

ラウラは最高の笑顔を見せてくれた。

「ああ、そうだな。実は先日王都に行っていろいろとラウラが好きそうな菓子を買ってきたんだ」

俺が自慢げに話すと彼女は「アルが自ら？」と不思議そうに問いかけてきた。

「この一年半ラウラの傍にいたから、好みは大体分かっている」

わざわざ自分で選んだのは、誰よりも彼女の好みを把握しているという自負からだ。

それに俺が直接見て選んだほうがラウラは喜んでくれる気がした。

「アルは私を喜ばす天才ですね。今日が忘れられない日になりそう……」

「これから毎日そんな日になるといいな」

彼女の過去の記憶をすべて塗り替えて、俺と過ごした日々だけがラウラの記憶に残ればいい。

そんな風に感じてしまう。

「ラウラ、これからもっと驚かせてやる。覚悟しておけよ」

「……っ、はいっ！」

俺が冗談ぽく言うと、彼女は笑顔で頷いた。

こんな日々がずっと続くことを、俺は心から願っている。

濃蜜ラブファンタジー

ノーチェブックス

Noche BOOKS

悪役令嬢を蕩かす獣人の絶倫愛

婚約破棄＆国外追放された悪役令嬢のわたしが隣国で溺愛されるなんて!?
～追放先の獣人の国で幸せになりますね～

月夜野繭
イラスト：アオイ冬子

乙女ゲームの悪役令嬢として転生してしまったアナスタージア。ゲームのシナリオどおり、婚約破棄＆国外追放された挙句、森で盗賊に遭遇し貞操の危機に……。危ういところで彼女を助けてくれたのは、謎めいたイケメン獣人イーサンだった。次第に彼に惹かれていくアナスタージアだけれど、イーサンにはなにやら秘密があるようで……

詳しくは公式サイトにてご確認ください
https://noche.alphapolis.co.jp/

携帯サイトはこちらから!▶

この作品に対する皆様のご意見・ご感想をお待ちしております。

おハガキ・お手紙は以下の宛先にお送りください。

【宛先】

〒150-6008 東京都渋谷区恵比寿4-20-3 恵比寿ｶﾞｰﾃﾞﾝﾌﾟﾚｲｽﾀﾜｰ 8F
（株）アルファポリス　書籍感想係

メールフォームでのご意見・ご感想は右のＱＲコードから、
あるいは以下のワードで検索をかけてください。

アルファポリス　書籍の感想

ご感想はこちらから

本書は、「アルファポリス」（https://www.alphapolis.co.jp/）に掲載されていたものを、
改題、改稿、加筆のうえ、書籍化したものです。

婚約破棄されてメイドになったらイジワル公爵様の溺愛が止まりません
Rila（りら）

2023年9月25日初版発行

編集－馬場彩加・桐田千帆・森 順子
編集長－倉持真理
発行者－梶本雄介
発行所－株式会社アルファポリス
〒150-6008 東京都渋谷区恵比寿4-20-3 恵比寿ｶﾞｰﾃﾞﾝﾌﾟﾚｲｽﾀﾜｰ8F
TEL 03-6277-1601（営業）　03-6277-1602（編集）
URL https://www.alphapolis.co.jp/
発売元－株式会社星雲社（共同出版社・流通責任出版社）
〒112-0005 東京都文京区水道1-3-30
TEL 03-3868-3275
装丁イラスト－KRN
装丁デザイン－hive & co.,ltd.
（レーベルフォーマットデザイン―團 夢見（imagejack））
印刷－中央精版印刷株式会社

価格はカバーに表示されてあります。

落丁乱丁の場合はアルファポリスまでご連絡ください。

送料は小社負担でお取り替えします。


ISBN978-4-434-32623-3 C0093